# 心がなごむ漢詩フレーズ108選

渡部英喜
平井徹

亜紀書房

# はじめに

高等学校の教育現場では、大学の入学試験に漢文の出題が稀なことから漢文教育がますます軽視される傾向にあります。私の所属している盛岡大学文学部日本文学科でも、高校在学中に漢文の履修時間が少なかった学生のために、「漢文基礎演習」なる科目を設けて、漢文を初歩の段階から教えています。この科目を受講者した学生のアンケートには、高校一年次に、漢文の授業がまったくなかった学生が二割弱もいて驚いています。

受講生の多くは週当たり二時間が最も多く、週一時間だった学生が続き、次いで三時間の学生でした。それが二年次になりますと、週当たり三時間が六ポイント（二三パーセント）、週当たり一時間が一七ポイント（三九パーセント）にそれぞれ増えますが、週当たり一時間の受講者が最も多く、全体の四割弱を占めています。また、三年次の場合には、受験を考慮してか、漢文の時間は少なくなり、ほとんどの受講者は週一時間で授業は終わっています。週二時間だった受講者は一年次の半分の二三ポイント減（二年次の五ポイント減）となり、週三時間の場合には、二年次よりも五ポイント（一七パーセント）も減少しています。嘆かわしいかぎりです。このままではわが国の漢文のレベルはどんどん下がっていき、行き着くところまで行ってしまうのではないかと心配しています。

しかし、その反面、ＮＨＫラジオの「古典講読漢詩」やＮＨＫテレビの「漢詩紀行」などは根強い人気に支えられて、高い視聴率をあげています。とはいえ、やはり学校教育での漢文教育に多くの時間を費やすべきではないかと思います。幸いにして、最近、中央教育審議会の教育課程の部会が、小学校の国語の授業に「暗誦と音読を重視した」古文・漢文などの古典指導を盛り込む方向で本格的な検討に入っています。

また、国の「教育特区」の認定を受けた東京都世田谷区の全九十五の小中学校では、二〇〇七年四月から「日本の文化や伝統に対する理解を深める」「物事を深く考える力を養う」「表現力やコミュニケーション能力を育てる」などの目標を掲げて、学習指導要領で教えるべき内容が決められていない教科「日本語」を、総合学習の時間を使ってスタートさせました。その内容は、小学校一年で「漢詩」や『論語』、四年で『枕草子』、五年で『平家物語』などの古文や漢文の朗読を重視したものとなっています。

わが国の小学生全員が「漢詩」や『論語』などを暗誦したり朗読する授業が実施されることになれば、わが国の言語文化の継承に繋がります。しかし、小学生に難しい教材を与えることはかえって「古文・漢文離れ」を招いてしまいます。そうならないためにも、それにふさわしい教材を与える必要があります。

そこで、本書は小学生でも漢詩に親しめるように、やさしく、心がなごむフレーズを集め、気軽に漢詩を楽しめるように工夫を凝らしました。また、取り上げたフレーズを「うつくしい」「きれい」「いとおしい」「さびしい」「せつない」などの形容詞に分類して収めました。こうした感情表現別に分けることで漢詩が私たちの日常生活と直結し、親しみを抱くことができると思ったからです。常日頃からやさしいフレーズにふれていただき、漢詩に親しんでいただきたく思います。

一〇八の短いフレーズは俳句にも似て、日本の自然やその暮らしぶりと密接な繋がりを肌で感じ取ることができるのではないかと思います。

本書は、俳句や短歌を作られる方には、語彙《ごい》を探し出す手引書となるものと思います。

また、漢詩を作る場合には、○（平字《ひょうじ》）・●（仄字《そくじ》）・◉（両用の字）などの印が大いに役立つはずです。なお、書道をされる方は墨場必携としても用いることができます。本書が漢詩に親しむ契機になれば、著者として望外の喜びです。

最後になりましたが、遅れに遅れた原稿を粘り強く待ち続けて下さいました亜紀書房編集部に深甚なる謝意を表します。また、カバーと本文中のイラストを、心をこめて丹念に描いてくださいましたキタハラゆかりさん、きれいな本に仕上げていただいたデザイナーの今東淳雄さんにも、心から御礼申し上げます。

渡部英喜

二〇〇七年七月

# 目次

心がなごむ漢詩フレーズ108選

**詩人紹介**



**付録**

# 本書に登場する詩人一覧

（五十音順、太字は「詩人紹介」を参照のこと）

于武陵（うぶりょう）　152
袁凱（えんがい）　148
袁枚（えんばい）　86
王安石（おうあんせき）　64、82、96
王維（おうい）　22、44、**68**、114、142、186
王建（おうけん）　46
王之渙（おうしかん）　102、212
王昌齢（おうしょうれい）　110、230
欧陽修（おうようしゅう）　128
温庭筠（おんていいん）　**202**
賀知章（がちしょう）　140
韓愈（かんゆ）　**156**
許渾（きょこん）　236
阮籍（げんせき）　198
項羽（こうう）　160
高適（こうせき）　190、192
高駢（こうべん）　80
崔護（さいご）　48
司馬光（しばこう）　108
謝朓（しゃちょう）　238
謝霊運（しゃれいうん）　98
常建（じょうけん）　26
岑参（しんじん）　224
沈佺期（しんせんき）　208
薛濤（せっとう）　62、122
銭起（せんき）　170
曹松（そうしょう）　180
曹操（そうそう）　164
蘇頲（そてい）　204
蘇軾（そしょく）　28、52、84、**232**
張謂（ちょうい）　196

張説（ちょうえつ）　100
張九齢（ちょうきゅうれい）　174
張敬忠（ちょうけいちゅう）　210
張籍（ちょうせき）　118
陶淵明（とうえんめい）　**40**、126、134、138、240
杜秋娘（としゅうじょう）　136
杜甫（とほ）　32、42、70、**112**、132、144、150、168、194、206、242、244
杜牧（とぼく）　18、24、30、58、172、**182**
白居易（はくきょい）　38、50、76、90、120、**130**、154、176、200、220、222、228
武帝（ぶてい）　234
文天祥（ぶんてんしょう）　178
孟郊（もうこう）　106
孟浩然（もうこうねん）　72
駱賓王（らくひんのう）　166
李益（りえき）　16
李華（りか）　218
李賀（りが）　78
陸游（りくゆう）　36、**248**
李商隠（りしょういん）　34、**202**、226
李紳（りしん）　146
李白（りはく）　14、54、56、60、74、92、**94**、104、116、184、214、216
劉禹錫（りゅううしゃく）　246
劉希夷（りゅうきい）　66
劉邦（りゅうほう）　162
林逋（りんぽ）　88
盧僎（ろせん）　20

# 本書の構成

**原詩**

- 平字は○で、仄字は●で、韻字は◎でそれぞれ表しました。詳細は巻末の「漢詩を味わうための基礎知識」をご参照ください。
- 太字は本書で紹介したフレーズです。

**詩人紹介**

- カッコ内は詩人が活躍した時代です。
- 漢数字は生年・没年を表します。
- 代表的な詩人の詳細は、各章末の「詩人紹介 1 ～10」をご参照ください。

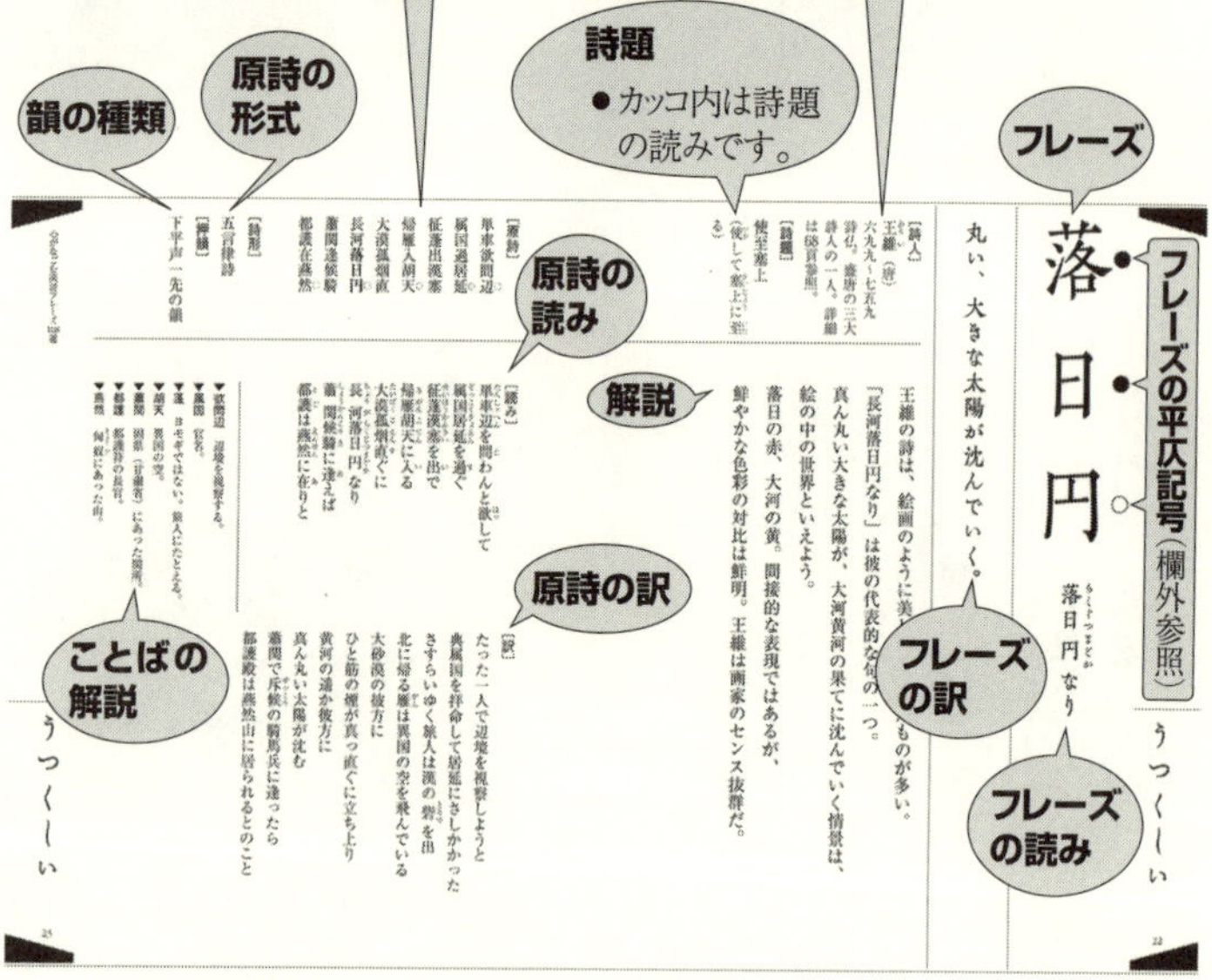


**フレーズの平仄記号**

- 平字は○で（一部、換韻を表すため□で記した）、仄字は●で、両用の字は◉でそれぞれ表しました。詳細は巻末の「漢詩を味わうための基礎知識」をご参照ください。

# 第1章

# うつくしい

季節の移り変わりに
目を留める

# 烟○花○

烟花《えんか》

春霞《がすみ》が立ち籠《こ》める。

［詩人］
李白《りはく》（唐）
七〇一～七六二
詩仙。中国四大詩人の一人。盛唐の三大詩人の一人。詳細は94頁参照。
［詩題］
黄鶴楼送孟浩然之広陵

李白は、孟浩然《もうこうねん》を敬愛していた。
この詩は、孟浩然が広陵《こうりょう》（揚州《ようしゅう》）に旅立つときに作られた。
送別の詩であるが、別れの寂しさや悲しさは伝わってこない。
むしろ、羨《うらや》ましがっているように読み取れる。
「烟花」には「都市のにぎわい」とか「妓女《ぎじょ》」という意味もある。
遊び人の李白らしい発想である。

（黄鶴楼《こうかくろう》にて孟浩《もうこう》然《ねん》の広陵《こうりょう》に之《ゆ》くを送《おく》る）

［原詩］
故人西辞黄鶴楼○
**烟花**三月下揚州○
孤帆遠影碧空尽
唯見長江天際流○

［詩形］
七言絶句

［押韻］
下平声十一尤の韻

［読み］
故人《こじん》西《にし》のかた
黄鶴楼《こうかくろう》を辞《じ》し
烟花《えんか》三月《さんがつ》
揚州《ようしゅう》に下《くだ》る
孤帆《こはん》の遠影《えんえい》
碧空《へきくう》に尽《つ》き
唯《た》だ見《み》る長江《ちょうこう》の
天際《てんさい》に流《なが》るるを

▼故人　孟浩然を指す。
▼烟花　春霞の漂う景色。
▼西辞　西にある黄鶴楼に別れを告げる。
▼天際　空の果て。

［訳］
わが友は西にある黄鶴楼に
別れを告げて
春霞の漂う三月に
揚州へ下っていった
たった一艘《そう》の帆掛け船が
青い空に消え
あとには、ただ長江の流れが
天の際へと流れているのが見るだけだ

うつくしい

# 沙○似●雪●

沙雪《すなゆき》に似《に》たり

月明かりの砂漠は、雪のように白い。

李益は流行作家。特に七言絶句は評判が高く、楽人たちが競って楽曲に乗せたり、好事家《こうずか》が屏風絵に描かせたりした。この詩も〝中唐期の七言絶句の傑作〟と言われているように、情景描写が美しく、読む者を別世界に誘う。殊に、沙（砂）と雪、月と霜の対比が洒落《しゃれ》ている。

［詩人］
李益《りえき》（唐）
七四八～八二七
妬《と》痴《ち》尚《しょう》書《しょ》（やきもち大臣）とも呼ばれる。

［詩題］
夜上受降城聞笛
（夜《よる》受降城《じゅこうじょう》に上《のぼ》りて笛《ふえ》を聞《き》く）

［原詩］
回楽峰前沙似雪
受降城外月如霜○
不知何処吹蘆管
一夜征人尽望郷○

［詩形］
七言絶句
［押韻］
下平声七陽の韻

［読み］
回楽峰前《かいらくほうぜん》
沙雪《すなゆき》に似《に》たり
受降城外《じゅこうじょうがい》
月霜《つきしも》の如《ごと》し
知《し》らず何《いず》れの処《ところ》か
蘆管《ろかん》を吹《ふ》く
一夜征人《いちやせいじん》
尽《ことごと》く郷《きょう》を望《のぞ》む

［訳］
回楽峰の前のあたりは
砂が雪のように白く
受降城外も月明かりで
霜が降りたように白くなっている
悲しく響く芦笛の音は
どこで吹いているのだろうか
この夜、この曲を聞いた守備兵たちは
皆、故郷の空の方を眺めている

▼回楽峰　内蒙古《もうこ》自治区にある山。
▼受降城　包頭《ほうとう》（現在の内蒙古自治区）の西北にあったとりで。
▼蘆管　芦笛。
▼征人　守備兵。

# 緑映紅

緑《みどり》 紅《くれない》に映《えい》ず

うつくしい

柳の新緑と桃の花の紅《くれない》がとけあっている。

［詩人］
杜牧《とぼく》（唐）
八〇三～八五二
京兆万年（陝西省西安）の人。七言絶句に優れる。詳細は182頁参照。
［詩題］
江南春
（江南《こうなん》の春《はる》）

江南の春の定番風景を詠んだ作品として、人口に膾炙《かいしゃ》している。眼前の春景色を詠うと同時に、三百年前の歴史を振り返る。南朝期は貴族文化が花開き、古き良き時代として懐古の対象となるが、短命王朝の興亡が激しく、哀感をそそる時代でもあった。
前半二句は晴天の農村風景。後半二句は雨の古都のたたずまい。三句目は名詞のみで構成されているが、両者の橋渡しをする、詩のキーポイントというべき部分である。

【原詩】

千里鶯啼緑映紅○
水村山郭酒旗風○
南朝四百八十寺
多少楼台煙雨中○

【詩形】

七言絶句

【押韻】

上平声一東の韻

【読み】

千里《せんり》　鶯《うぐいす》啼《な》いて　緑《みどり》　紅《くれない》に映《えい》ず
水村山郭《すいそんさんかく》　酒旗《しゅき》の風《かぜ》
南朝《なんちょう》四百八十寺《しひゃくはっしんじ》
多少《たしょう》の楼台《ろうだい》　煙雨《えんう》の中《うち》

【訳】

広々とどこまでも続く平野のあちこちから鶯《うぐいす》の鳴き声が聞こえ、柳の木々が茂る間に赤い桃の花が咲き、あざやかに色が映えて、輝きを見せている
水辺の村、山峡《やまかい》の郭《むら》では居酒屋の看板ののぼりが、風にたなびいている
このあたりは昔の南朝の都で、たくさんの寺院が甍《いらか》をつらねたところ
数知れぬその堂塔が、小雨そぼ降る中にけぶって見える

▼**江南**　長江下流の地。
▼**鶯**　コウライウグイス。日本のウグイスより大きく黄色で、高く澄んだ声で鳴く。
▼**南朝**　南北朝時代、建康《けんこう》（現在の江蘇《こうそ》省南京市）に都を置いた漢民族の王朝の総称。仏教が盛んで、梁《りょう》の武帝《ぶてい》期には七百余の寺々があったという。
▼**四百八十寺**　平仄《ひょうそく》の関係上、十をシンと訓む。実数ではなく、「多くの」の意。
▼**煙雨**　煙はもや、霞。

うつくしい

# 万・里・春○

万里春《ばんりはる》なり

見渡すかぎりの春景色。

［詩人］
盧僎《ろせん》（唐）
生没年未詳。盛唐の詩人か。

［詩題］
南楼望
（南楼《なんろう》の望《ぼう》）

望郷の詩。
とある一日、南楼から眺めていると、どこまでもどこまでも麗《うら》らかな春景色が続いていた。
しかし、そんな風景とは裏腹に、作者はやるせない気持ちに満ち溢《あふ》れている。
作者の見た春景色は、他郷での眺めだったからである。

〔原詩〕

去国三巴遠
登楼万里春○
傷心江上客
不是故郷人○

〔詩形〕

五言絶句

〔押韻〕

上平声十一真の韻

〔読み〕

国《くに》を去《さ》って三巴《さんぱ》遠《とお》く
楼《ろう》に登《のぼ》れば万里《ばんり》春《はる》なり
傷心《しょうしん》す江上《こうじょう》の客《かく》
是《こ》れ故郷《こきょう》の人《ひと》ならず

▼国　国都。ここでは長安。
▼三巴　現在の重慶市のあたり。
▼傷心　心を痛めること。
▼江上客　長江のほとりに佇む人。

〔訳〕

都を離れて、遠く三巴までやってきた
城壁の南の楼閣から眺めると
見渡すかぎり春景色が続いている
だが、長江のほとりに佇《たたず》む私の心は
悲しみに痛むのだ
この土地の者ではないからだ

# 落・日・円○

落日円《らくじつまどか》なり

丸い、大きな太陽が沈んでいく。

王維の詩は、絵画のように美しく詠《よ》まれたものが多い。
「長河落日円なり」は彼の代表的な句の一つ。
真ん丸い大きな太陽が、大河黄河の果てに沈んでいく情景は、
絵の中の世界といえよう。
落日の赤、大河の黄。間接的な表現ではあるが、
鮮やかな色彩の対比は鮮明。王維は画家のセンス抜群だ。

［詩人］
王維《おうい》（唐）
六九九～七五九
詩仏。盛唐の三大詩人の一人。詳細は68頁参照。

［詩題］
使至塞上
（使《つか》して塞上《さいじょう》に至《いた》る）

［原詩］
単車欲問辺○
属国過居延○
征蓬出漢塞
帰雁入胡天○
大漠孤烟直
長河落日円○
蕭関逢候騎
都護在燕然○

［詩形］
五言律詩
［押韻］
下平声一先の韻

［読み］
単車《たんしゃ》辺《へん》を問《と》わんと欲《ほっ》して
属国《ぞっこく》居延《きょえん》を過《す》ぐ
征蓬《せいほう》漢塞《かんさい》を出《い》で
帰雁《きがん》胡天《こてん》に入《い》る
大漠《たいばく》孤烟《こえん》直《す》ぐに
長《ちょう》河《が》落日《らくじつ》円《まどか》なり
蕭関《しょうかん》候騎《こうき》に逢《あ》えば
都護《とご》は燕然《えんぜん》に在《あ》りと

▼欲問辺　辺境を視察する。
▼属国　官名。
▼蓬　ヨモギではない。旅人にたとえる。
▼胡天　異国の空。
▼蕭関　固県（甘粛省）にあった関所。
▼都護　都護符の長官。
▼燕然　匈奴《きょうど》にあった山。

［訳］
たった一人で辺境を視察しようと
典属国を拝命して居延にさしかかった
さすらいゆく旅人は漢の砦《とりで》を出
北に帰る雁《がん》は異国の空を飛んでいる
大砂漠の彼方に
ひと筋の煙が真っ直ぐに立ち上り
黄河の遥か彼方に
真ん丸い太陽が沈む
蕭関で斥候《せっこう》の騎馬兵に逢ったら
都護殿は燕然山に居られるとのこと

うつくしい

# 杏花村
杏花村《きょうかそん》

杏《あんず》の花咲く村。

「白もしくは薄紅色の、やわらかな杏の花咲く村」──この三文字の美しさが、この句を古今の名句とした。

前半二句では、霧雨がけぶり、辺りは薄暗くとざされ、みずみずしい春の到来を告げる序章ともいうべき描写となっている。

後半はそれまでとうってかわって明るい動的な雰囲気が支配する。

牛飼い童（牛は老荘思想、仏教の禅をイメージさせる動物）の登場は、清浄さを感じさせる。

［詩人］
杜牧《とぼく》（唐）
八〇三～八五二
京兆万年（陝西省西安）の人。七言絶句に優れる。詳細は182頁参照。

［詩題］
清明《せいめい》

［原詩］

清明時節雨紛紛○
路上行人欲断魂○
借問酒家何処有
牧童遥指杏花村○

［詩形］
七言絶句

［押韻］
上平声十三元の韻

［読み］

清明《せいめい》の時節《じせつ》 雨紛紛《あめふんぷん》
路上《ろじょう》の行人《こうじん》 魂《たましい》を断《た》たんとす
借問《しゃもん》す 酒家《しゅか》 何処《いずく》にか有《あ》る
牧童《ぼくどう》遥《はる》かに指《ゆびさ》す 杏花村《きょうかそん》

［訳］

清明の頃、霧雨がしとしとと降って
道行く私の、心を痛み
悲しい思いにひたらせる
「ちとたずねるが、どこかに飲み屋を知らんかな」とたずねてみると
牛飼い童は黙って
彼方にけぶる、杏《あんず》の花咲く村を指さした

▼**清明**　二十四節気の一つで、春分から十五日目。「踏青《とうせい》」ともいう。一説では、春秋時代の晋の文公の忠臣介之推《かいしすい》が母親とともに焼死した日とされ、火を使わず、冷たい食事を摂る風習が始まったという。中国では伝統的に墓参りの風習があり、家族うち揃って野外での行楽を兼ねている。この時期、江南《こうなん》には雨が多い。

▼**行人**　旅人。ここでは作者自身を指す。

▼**断魂**　「断腸」と同類の語で、大変な悲しみの形容。

うつくしい

# 花映垂楊

花《はな》は垂楊《すいよう》に映《えい》ず

紅《くれない》の花が、しだれ柳の緑に映《うつ》る。

常建は、山水の美を詠うことに優れていたようである。酒を飲み、琴を抱いて気ままに名山に遊んだ詩人。晩年は鄂渚《がくしょ》（湖北《こほく》省）に隠棲し、自由に暮らしたという。このフレーズも、常建らしい詠いぶり。美しい風景を、思いのままに描写している。

［詩人］
常建《じょうけん》（唐）
七〇八～？
風景詩に最も長じ、斉《せい》の謝朓《しゃちょう》の作風に似る。辺塞詩《へんさいし》にも優れる。

［詩題］
送宇文六
（宇文六《うぶんろく》を送《おく》る）

［原詩］

**花映垂楊漢水清○**
微風林裏一枝軽○
即今江北還如此
愁殺江南離別情○

［詩形］

七言絶句

［押韻］

下平声八庚の韻

［読み］

花《はな》は垂楊《すいよう》に映《えい》じて
漢水清《かんすいきよ》し
微風林裏《びふうりんり》
一枝軽《いっしかろ》し
即今江北《そっこんこうほく》
還《ま》た此《かく》の如《ごと》し
愁殺《しゅうさつ》す
江南離別《こうなんりべつ》の情《じょう》

［訳］

紅の花はしだれ柳の緑に映じ
漢水は清らかに流れている
そよ風が林の中を吹き抜けていくと
枝が軽々と揺れている
ただ今、江北もまた同じような
春景色であるが、春の最中に
江南に旅立っていくことを思うと
離別の深い悲しみが湧いてくる

▼漢水　湖北《こほく》省を流れ、武漢《ぶかん》で長江に合流する川。
▼即今　今。
▼江北　長江の北。ここでは漢水の流域を指す。
▼江南　長江の南。

うつくしい

# 雨亦奇

雨《あめ》も亦《ま》た奇《き》なり

雨の日もまた格別だ。

前半二句の対句が美しい。数多くの詩人が愛し、マルコポーロが世界一の美しさと讃えたたぐいまれな西湖《せいこ》の、雨にけぶるさまも乙だ、というパラドックスがおもしろい。

後半二句は、この絶景を当地の美女の化粧に喩えるという奇抜な発想がミソで、洒落《しゃれ》ている。

芭蕉『おくのほそ道』の名句「象潟《きさがた》や　雨《あめ》に西子《せいし》が　合歓《ねぶ》の花《はな》」がこの詩に由来するのは有名。

［詩人］

蘇軾《そしょく》（北宋）

一〇三六～一一〇一　北宋第一の才人。232頁を参照。

［詩題］

飲湖上初晴後雨

二首　其二

（湖上《こじょう》に飲《いん》す　初《はじ》め晴《は》れて後《のち》雨《あめ》ふる

其《そ》の二《に》）

［原詩］

水光瀲灔晴方好
山色空濛雨亦奇○
欲把西湖比西子
淡粧濃抹総相宜○

［詩形］

七言絶句

［押韻］

上平声四支の韻

［読み］

水光瀲灔《すいこうれんえん》として
晴《は》れ方《まさ》に好《よ》し
山色空濛《さんしょくくうもう》として
雨《あめ》も亦《ま》た奇《き》なり
西湖《せいこ》を把《と》りて
西子《せいし》に比《ひ》せんと欲《す》れば
淡粧濃抹《たんしょうのうまつ》
総《すべ》て相宜《あいよろ》し

▼瀲灔　水が日に映えて光るさま。
▼空濛　霧やもやがたちこめて、空がうす暗いさま。春雨のけぶるさま。
▼西湖　浙江省《せっこう》杭州《こうしゅう》市にある、中国有数の景勝地。
▼西子　西施。春秋時代、越《えつ》の国の美女の名。中国四大美人の一人に数えられる。

［訳］

さざなみが日にきらめく湖水は
晴れてこそ美しいが
山がおぼろげにかすむ
雨の景色もまた格別な眺めだ
もしこの西湖《せいこ》を、いにしえの
かの西施の美しさにたとえて言うならば
薄化粧でも厚化粧でも
どちらも実に結構だ

# 月・籠○沙○

月《つき》は沙《すな》を籠《こ》む

月光が沙《すな》を包みこむ。

［詩人］
杜牧《とぼく》（唐）
八〇三～八五二
京兆万年（陝西省西安）の人。七言絶句に優れる。詳細は182頁参照。

［詩題］
泊秦淮
（秦淮《しんわい》に泊《はく》す）

「籠」は包む、覆うという意味の動詞。秋の朧月夜《おぼろづきよ》を形容した、幻想的で美しい表現だ。「月籠沙」は上の「煙籠寒水」と同じ句ながら対をなしている。「句中対」と呼ばれる技法である。

作者は現在の南京市を流れる秦淮河《しんわいが》に画舫《がぼう》（美しい彩色を施した遊覧船）を浮かべて宴《うたげ》を楽しみ、一夜を過ごしたと想像される。

後半は、かつてこの地で起こった歴史的な悲哀と、時の流れ、世のはかなさを詠う。

［原詩］

煙籠寒水月籠沙○
夜泊秦淮近酒家○
商女不知亡国恨
隔江猶唱後庭花○

［詩形］
七言絶句

［押韻］
下平声六麻の韻

［読み］

煙《もや》は寒水《かんすい》を籠《こ》め　月《つき》は沙《すな》を籠《こ》む
夜《よる》　秦淮《しんわい》に泊《はく》して　酒家《しゅか》に近《ちか》し
商女《しょうじょ》は知《し》らず　亡国《ぼうこく》の恨《うら》みを
江《こう》を隔《へだ》てて猶《な》お唱《うた》う　後庭花《こうていか》

［訳］

もやが寒々とした川一面にたちこめ、月の光が辺りの沙を白々と包みこんで冴えている
今宵、秦淮河《しんわいが》に舟かがりすると、そのそばが酒楼だった
そこの妓女《ぎじょ》が何も知らずに、この地を都とした亡国の悲しみのしらべである「玉樹後庭花」を歌っているのが、川の向こうから聞こえてきた

▼酒家　料亭、妓楼《ぎろう》、遊郭《ゆうかく》の類。
▼商女　妓女《ぎじょ》を指す。
▼後庭花　正式名は「玉樹後庭花」といい、メロディを伴う歌曲だった。かつてこの南京の地を都とした南朝陳《ちん》の最後の天子、後《こう》主《しゅ》陳《ちん》叔《しゅく》宝《ほう》の作と伝えられる。風流天子として歌舞音曲の才に恵まれたが、遊興に身をやつしたため隋《ずい》に国を滅ぼされ、亡国の君主の汚名を着ることになってしまった。

うつくしい

# 細無声

細《こま》やかにして声《こえ》無《な》し

雨はこまやかに降り、音もたてない。

「声無し」という聴覚的表現に、夜の闇の中で神経を研ぎ澄ます作者の息づかいが聞こえる。一方、後半四句は視覚的に事物をとらえる。漆黒の中に煌煌《こうこう》と輝く一点の火が、明け方に咲きほこる花の色に重なるコントラストが鮮やかである。

成都で束《つか》の間の安住を得た喜びが、この作品にも反映されている。「潤物細無声」の一句は、現代中国でも、理想の教師像の譬《たと》えにしばしば引用される。

［詩人］
杜甫《とほ》（唐）
七一二～七七〇
詩聖。中国四大詩人の一人。古詩・律詩を得意とする。詳細は112頁を参照。

詳細は112頁を参照。

［詩題］
春夜喜雨
（春《しゅん》夜《や》雨《あめ》を喜《よろこ》ぶ）

［原詩］

好雨知時節
当春乃発生○
随風潜入夜
潤物細無声○
野径雲倶黒
江船火独明○
暁看紅湿処
花重錦官城○

［詩形］

五言律詩

［押韻］

下平声八庚の韻

［読み］

好雨《こうう》 時節《じせつ》を知《し》り
春《はる》に当《あ》たって乃《すなわ》ち発生《はっせい》す
風《かぜ》に随《したが》って潜《ひそ》かに夜《よる》に入《い》り
物《もの》を潤《うるお》して 細《こま》やかに声《こえ》無《な》し
野径《やけい》 雲《くも》 倶《とも》に黒《くろ》く
江船《こうせん》 火《ひ》 独《ひと》り明《あき》らかなり
暁《あかつき》 に看《み》る 紅《くれない》湿《うる》おう処《ところ》
花《はな》は重《おも》し 錦官城《きんかんじょう》

▼**錦官城**　成都（現在の四川省成都市）の別名。古来美しい錦を産するためにこの名がある。

［訳］

よい雨は時節を心得ているもので
春になった今、
大地を育むために降りだした
風とともにいつのまに夜となったが
雨は細やかで音も立てず
ただただすべてのものを潤している
野中の小道も
重くたれこめる雲も真っ黒だが
川を行く船の漁火《いさりび》だけが、ほのかに明るい
夜明けがきて、あたり一面が紅色にしっとりと濡れていたので見てみると
真っ赤な花が、錦官城を彩っていた

うつくしい

# 無○限●好●

限《かぎ》り無《な》く好《よ》し

このうえない美しさ。

［詩人］
李商隠《りしょういん》（唐）
八一三～八五八
唐を代表する詩人の一人。律詩に長じる。詳細は202頁参照。

［詩題］
楽遊原《らくゆうげん》

「無限」の二字が、すべての現実を超越する重みを持って響く。感傷的かつ悲観的な思いが支配するなか、一瞬の光明《こうみょう》が見える転句は見事というほかない。

数多くの歴史を背負った高台から四方を見渡した詩人は、そこに時代の頽廃《たいはい》を感じ、もはや自分の志がかなえられないことを知る。転句は、つかの間の繁栄や人生の晩年を象徴することばとして、現代中国でもしばしば引用される。

［原詩］

向晩意不適
駆車登古原○
夕陽**無限好**
只是近黄昏○

［詩形］
五言絶句

［押韻］
上平声十三元の韻

［読み］

晩《くれ》に向《む》かいて意《こころ》適《かな》わず
車《くるま》を駆《か》りて古原《こげん》に登《のぼ》る
夕陽《せきよう》無限《むげん》に好《よ》し
只《た》だ是《こ》れ黄昏《こうこん》に近し

▼楽遊原　首都長安の東郊にあった高台。漢代に遊楽地が建設された。
▼向「なんなんとす」（＝なりなんとす）とも読む。今にもなろうとしているの意。

［訳］

夕暮れが近づくにつれ、もやもやとした
満ち足りぬ思いがもたげてくる
いたたまれず、馬車を郊外に走らせて
いにしえの高原へ登ってみた
沈みゆく夕陽はこのうえなく美しい
ただ、黄昏の夕闇は
すぐそこにせまっているのだ

うつくしい

# 柳暗花明

柳《りゅう》暗《あん》花《か》明《めい》

やなぎの色は暗くしげり、花の色が明るくはえる。

［詩人］
陸游《りくゆう》（南宋）一一二五～一二〇九　南宋三大詩人の一人。詳細は248頁参照。

［詩題］
遊山西村
（山西《さんせい》の村《むら》に遊《あそ》ぶ）

四字熟語「柳暗《りゅうあん》花明《かめい》」の出典である。「柳暗」「花明」とも、それまでの唐宋の詩にすでにあらわれていたが、情景を的確に表現した本詩によって、佳句として定着した。転じて日本では、「柳暗花明の巷」などと、「花柳界」「遊里」の意味で使われる。

作者は前年に免職となり挫折を味わったが、故郷の田園生活の中で光明を見出した。美しい自然描写の中に自由闊達な人生観が投影され、彼の代表作として記憶される作品となった。

[原詩]

莫笑農家臘酒渾○
豊年留客足鶏豚○
山重水複疑無路
**柳暗花明又一村**○
簫鼓追随春社近
衣冠簡朴古風存○
従今若許閑乗月
拄杖無時夜叩門○

[詩形]

七言律詩

[押韻]

上平声十三元の韻

[読み]

笑《わら》う莫《な》かれ農家《のうか》の臘酒《ろうしゅ》の渾《にご》れるを
豊年客《ほうねんかく》を留《とど》めて　鶏豚《けいとん》足《た》れり
山重《やまかさ》なり水複《みずふく》して路無《みちな》きかと　疑《うたが》う
柳《やなぎくら》　暗く花明《はなあき》らかにして又一村《またいっそん》あり
簫《しょう》　鼓追随《こついずい》して　春社近《しゅんしゃちか》く
衣冠簡朴《いかんかんぼく》にして　古風存《こふうそん》す
今《いま》より若《も》し閑《のど》かに月《つき》に乗《じょう》ずることを許《ゆる》さば
杖《つえ》を拄《つ》き時《とき》と無《な》く　夜《よる》　門《もん》を叩《たた》かん

▼臘酒　十二月に仕込み、新春を迎えて飲む酒。「臘《ろう》」は臘月、旧暦の十二月のこと。
▼春社　立春から数えて五度目の戊《つちのえ》の日に催す春祭。社は土地神、氏神。

[訳]

お笑いめさるな
農家が師走に仕込んだ酒が濁酒《どぶろく》だなどと
去年は豊作
客をもてなす鶏や豚はたっぷりある
山は幾重にも連なり、川は曲がりくねって
道が尽きてしまったのかと思ったら
柳はこんもりほの暗く、花が明るく輝いて
またもやとある村に出くわした
お囃子《はやし》の笛太鼓の音色がかけあって
春の祭りはもう間近
村人の装束は質素で
古風なさまをとどめている
もしこれから、月明かりを頼りに気のむくままぶらついてよろしいというのなら
杖をついて、真夜中でもお宅の門を叩くかも知れませんよ

うつくしい

# 花○如●雪●

花雪《はなゆき》の如《ごと》し

雪のように白い蕎麦《そば》の花。

[詩人]
白居易《はくきょい》（唐）
七七二～八四六
中国四大詩人の一人。詳細は130頁を参照。

[詩題]
村夜《そんや》

元来、そばの花は観賞の対象ではなく、詩に詠まれることはまずなかった。これをとりあげたところに新味がある。作者は四十歳の時、かねてから病気がちだった母の死に遭い即日辞職、服喪のため郷里に退隠していた。間もなく三歳を迎えたばかりの娘も夭折し、たび重なる近親者の死で、心痛の極みにあった。多少の土地を耕し、村の素朴な生活になじんでいくなかで、孤独感を抱きつつも癒されていく作者の姿が目に見えるようだ。

［原詩］
霜草蒼蒼蟲切切●
村南村北行人絶●
独出門前望野田
月明蕎麦**花如雪**●

［詩形］
七言絶句
［押韻］
入声九屑の韻

［読み］
霜草《そうそう》は蒼蒼《そうそう》
蟲《むし》は切切《せつせつ》
村南村北《そんなんそんぼく》
行人《こうじん》絶《た》ゆ
独《ひと》り門前《もんぜん》に出《い》でて
野田《やでん》を望《のぞ》めば
月明《つきあき》らかにして
蕎麦《きょうばく》　花《はな》　雪《ゆき》の如し

［訳］
霜枯れた草は生気なく青白く
虫はあちこちで鳴いている
村中どこも
道行く人の姿はぷっつり途絶えた
わたしだけが門前に出て
遥か野中を望み見れば
月は明るくさやかに光って
そばの花がまるで雪のように真っ白だった

▼霜草　霜枯れた草。
▼蒼蒼　青白い。生気がない色。
▼切切　虫の鳴き声。
▼行人　道（ここでは畑のあぜ）を行く人。
▼独　わたしだけが。物理的な「一人」とは違う。
▼野田　田園。
▼蕎麦　花は白い。夏ソバ、秋ソバに大別される。

うつくしい

# 陶《とう》淵《えん》明《めい》（三六五〜四二七）

　隠逸詩人の宗とか、田園詩人と称されている。字《あざな》も諱《いみな》もよくわからないが、字は淵明とも元亮《げんりょう》ともいわれている。潯陽柴桑《じんようさいそう》（江西省《こうせい》九江《きゅうこう》）の人。曾祖父に晋の大司馬《だいしば》・長沙《ちょうさ》公の陶侃《とうかん》がおり、母方の祖父には風流人で名高い孟嘉《もうか》がいる。

　二十九歳以降、断続的に十三年間の役人生活を続けるが、次第に役人生活を送ることにやる気を失い、郷里に帰ろうと考えるようになっていた。四十二歳の時、「安い俸給のために、膝を屈して、郷里の若造に向かうこと」を屈辱と感じて、即刻辞職して郷里に帰った。その後、郷里の潯陽柴桑に引き籠って、悠々自適な隠者の暮らしぶりを詩に詠いこんだ生活を送る。五十四歳の頃、隠逸詩人としての名声は中央（朝廷）にも聞こえ、高名な隠者にだけ贈られる名誉職の「著作佐郎《ちょさくさろう》」の官を授けられた。

　その詩は地味なものが多いが、『文選《もんぜん》』にも収められ、古来人々に親しまれた。王維《おうい》・白居易《はくきょい》・蘇軾《そしょく》・朱熹《しゅき》などは陶淵明に傾倒した人々である。

# 第2章

# きれい

花と美しき人に
魅せられる

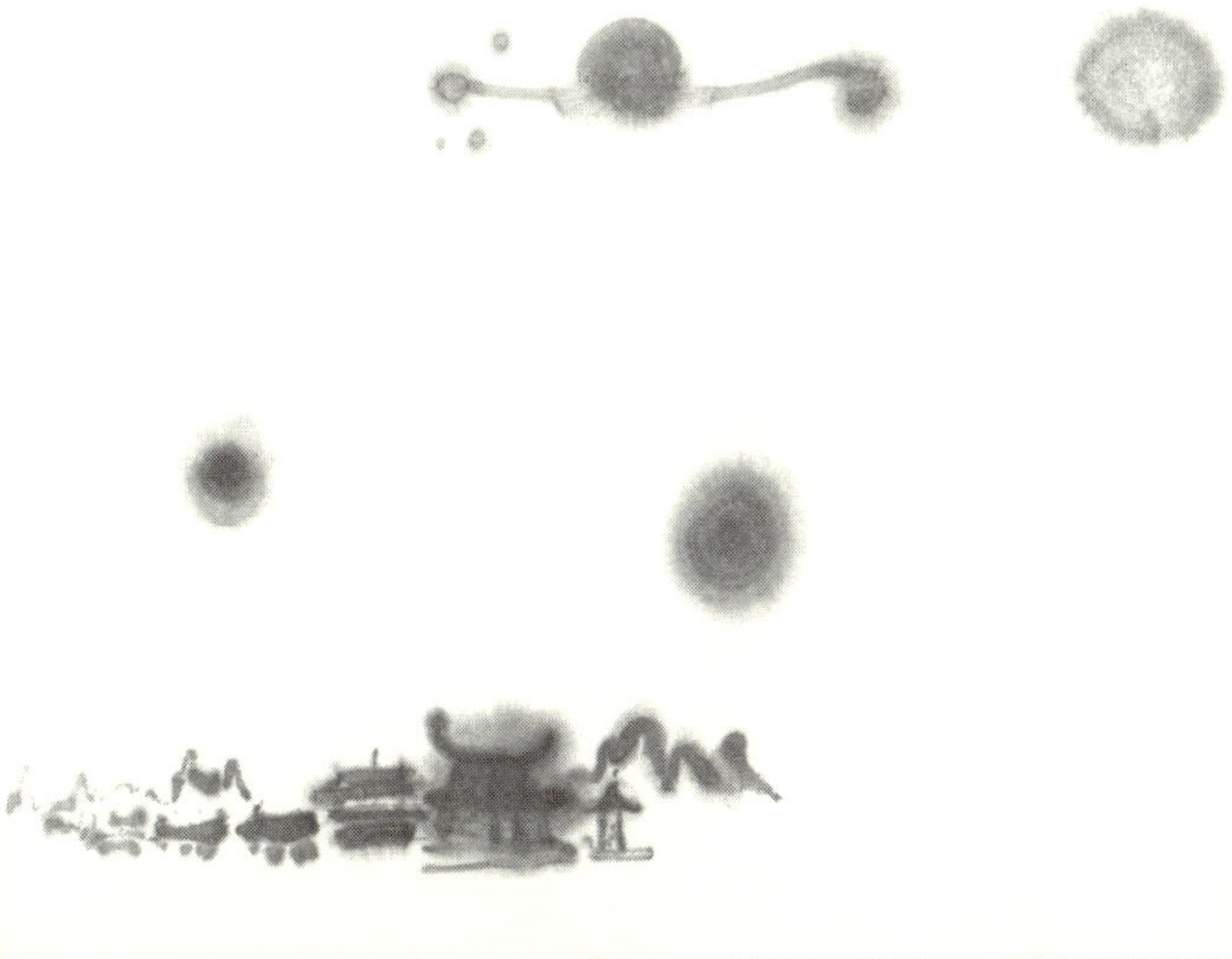

きれい

# 花欲然

花《はな》然《も》えんと欲《ほっ》す

つつじの花が、燃えださんばかりに赤い。

杜甫は流浪の旅を続け、上元元年（七六〇）、蜀《しょく》（四川省）の成都《せいと》に旅装を解く。五十九年の生涯で、成都での四年間が最も平穏な日々であった。浣花渓《かんかけい》のほとりに浣花草堂を建てて住み、周りに桃や竹を植え、畑を耕したり農民と酒を飲んだり、のんびりと過ごしていた。「花欲然」は草堂から見える風景である。

［詩人］
杜甫《とほ》（唐）
七一二〜七七〇
詩聖。中国四大詩人の一人。古詩・律詩を得意とする。詳細は112頁参照。

［詩題］
絶句《ぜっく》

［原詩］
江碧鳥逾白
山青**花欲然**○
今春看又過
何日是帰年○
［詩形］
五言絶句
［押韻］
下平声一先の韻

［読み］
江《こう》碧《みどり》にして鳥《とり》逾《いよいよ》白《しろ》く
山《やま》青《あお》くして花《はな》然《も》えんと欲《ほっ》す
今春《こんしゅん》看《みすみす》又《また》過《す》ぐ
何《いず》れの日《ひ》にか是《こ》れ帰年《きねん》ならん

▼江　浣花渓。
▼花　蜀《しょく》の代表的な花の躑躅《つつじ》を指す。
▼然　燃える。
▼看　みるみるうちに。

［訳］
浣花渓《かんかけい》の水は深緑色
そこに遊ぶ水鳥はますます白く見える
山は新緑に覆われて青く
躑躅《つつじ》の花は真っ赤に燃えださんばかり
今年の春もみるみるうちに
また過ぎ去ろうとしている
いったいいつになったら
故里に帰れる日がやってくるのだろうか

きれい

# 含○宿●雨●

宿雨《しゅくう》を含《ふく》む

桃の花が、ゆうべの雨をしっとりと含んでいる。

紅の花がしっとりと雨を含んでいる様子は、とても艶《つや》っぽい。自然詠を得意とする王維の瑞々《みずみず》しい感覚を見る思いがする。青々とした柳の新芽との対比も美しく、まるで絵の中の世界。地面に散った花びらは掃除することもなくそのままで、おおらかでゆったりとした、趣《おもむき》のある情景である。

［詩人］
王維《おうい》（唐）
六九九〜七五九
詩仏。盛唐の三大詩人の一人。詳細は68頁参照。

［詩題］
田園楽《でんえんらく》

［原詩］

桃紅復含宿雨
柳緑更帯春煙○
花落家僮未掃
鶯啼山客猶眠○

［詩形］

六言絶句

［押韻］

下平声一先の韻

［読み］

桃《もも》は紅《くれない》にして
復《ま》た宿雨《しゅくう》を含《ふく》み
柳《やなぎ》は緑《みどり》にして
更《さら》に春煙《しゅんえん》を帯《お》ぶ
花《はな》落《お》ちて
家僮《かどう》未《いま》だ掃《はら》わず
鶯《うぐいす》啼《な》いて
山客《さんかく》猶《な》お眠《ねむ》る

［訳］

桃の花は赤く咲き
ゆうべの雨をしっとりと含んでいる
緑の新芽の柳は
さらに春の霞を帯びている
花びらがハラハラと散り落ちているが
召使いはまだ掃除もしない
鶯《うぐいす》が鳴いているが
隠者はまだ眠っている

▼宿雨　昨夜からの雨。
▼家僮　召し使い。
▼山客　隠者。

# 湿・桂・花○

桂花《けいか》を湿《うる》おす

（冷やかな露《つゆ》が）キンモクセイの花を濡らしている。

中秋の名月の美しい夜景を詠いながら、友人を懐かしむ詩。キンモクセイは〝月に生える樹木〟と考えられている。昔、中国ではキンモクセイに似ていることから、十五夜に枝豆の枝を飾ったようだ（日本ではススキ）。甘い芳醇《ほうじゅん》な香りを放つ月明かりのキンモクセイを想うと、まるで、月世界に誘われるような心持ちになる。

［詩人］
王建《おうけん》（唐）
七七八？～八三〇？
楽府《かふ》・歌行《かこう》に優れる。宮詞《きゅうし》(宮中の事情に通じた詞)の名手。韓愈《かんゆ》の門下生。

［詩題］
十五夜望月
（十《じゅう》五《ご》夜《や》月《つき》を望《のぞ》む）

きれい

［原詩］
中庭地白樹棲鴉○
冷露無声湿桂花○
今夜月明人尽望
不知秋思在誰家○

［詩形］
七言絶句
［押韻］
下平声六麻の韻

［読み］
中庭《ちゅうてい》地《ち》白《しろ》うして
樹《き》に鴉《からす》棲《す》み
冷露《れいろ》声《こえ》なく
桂花《けいか》を湿《うる》おす
今夜《こんや》月明《げつめい》
人《ひと》尽《ことごと》く望《のぞ》むも
知《し》らず秋思《しゅうし》の
誰《た》が家《いえ》にか在《あ》る

▼桂花　モクセイの花。
▼秋思　秋の物思い。

［訳］
中庭の地面は月明かりで白く
樹上では、烏《からす》が棲息している
冷やかな露が静かに結び
モクセイの花を濡らしている
今宵《こよい》、十五夜の満月の明かりが
誰しも眺めていることだろう
秋の夜の物思いに耽《ふけ》る人は
どこの家にいるのだろうか

# 人面桃花

人面桃花《じんめんとうか》

桃の花のような乙女の顔《かんばせ》。

晩唐の孟棨《もうけい》の著に『本事詩《ほんじし》』という、詩にまつわるいろいろなエピソードを集めた本がある。中国における短編小説のはしりともいえる歌物語で、日本では、『伊勢物語』がそれに当たろうか。「人面桃花」の話は、「情感」の部にある。落第書生崔護が、清明《せいめい》の日、鄙《ひな》にはまれな美しい娘と出会う。一年後になって、ふとまた思い出した彼は、娘のもとを訪う。その折に、かたく閉ざされた門に書き記したのがこの詩である。

［詩人］
崔護《さいご》（唐）
生没年未詳。名家《めいか》の出身。進士に及第し、高官を歴任。

［詩題］
題都城南荘
（都城《とじょう》の南荘《なんそう》にて題《だい》す）

[原詩]

去年今日此門中○
**人面桃花**相暎紅○
人面祇今何処去
桃花依旧笑春風○

[詩形]

七言絶句

[押韻]

上平声一東の韻

[読み]

去年《きょねん》の今日《きょう》 此《こ》の門《もん》の中《うち》
人面《じんめん》桃花《とうか》 相暎《あいえい》じて 紅《くれない》なり
人面《じんめん》祇今《ただいま》 何処《いずく》へか去《ゆ》く
桃花《とう か》旧《もと》に依《よ》りて 春風《しゅんぷう》に笑《わら》う

[訳]

去年の今日、この門の中で
あの女《ひと》の顔と桃の花が
紅く映え輝いていた
あの女は、今、
どこへ行ってしまったのか
桃の花ばかりが相変わらず
春風に吹かれて咲いている

▼題　詩を書きつけること。この場合は門扉にであろう。
▼都城南荘　都の南郊の荘園。「都城」はここでは唐の都、長安を指す。
▼暎　「映」に同じ。
▼祇今　この二字を「不知」としているテキストもある。意味はほぼ同じ。
▼去　行くの意。現代中国語の用法も同じ。
▼笑　微笑むこと。また、花が咲くことをあらわす。「笑」「咲」は「ショウ」で同音である。

# 雲鬢花顔

雲鬢花顔《うんびんかがん》

雲なす黒髪、花の顔《かんばせ》。

全百二十句の十三〜十六句。韻字が同じで、内容上もひとまとまりとなっている。玄宗《げんそう》皇帝によって、「解語《かいご》の花」と称えられた楊貴妃の美貌を描き、甘美にひたる日々、そして玄宗が政務に興味を失ったことを述べる。のちに、安禄山《あんろくざん》の乱の勃発により、栄華を極めた玄宗と楊貴妃との愛は突然破局を迎えるが、この時はよもや運命の変転を知るよしもなかった。

[詩人]
白居易《はくきょい》（唐）
七七二〜八四六
中国四大詩人の一人。詳細は130頁を参照。

[詩題]
長恨歌《ちょうごんか》

［原詩］

**雲鬢花顔金歩揺**○
芙蓉帳暖度春宵○
春宵苦短日高起
従此君王不早朝○

［詩形］

七言古詩

［押韻］

下平声二蕭の韻

［読み］

**雲鬢《うんびん》花顔《かがん》**
金歩揺《きんぽよう》
芙蓉《ふよう》の帳《とばり》暖《あたた》かにして
春宵《しゅんしょう》を度《わた》る
春宵《しゅんしょう》の短《みじ》かきに苦《くる》しみ
日《ひ》高《たか》くして起《お》く
此《こ》れより君王《くんのう》
早朝《そうちょう》せず

［訳］

雲なす豊かな黒髪に花の顔
歩めば揺れる黄金のかんざし
芙蓉《はす》の花の模様を縫いとった寝台の帳《とばり》の中
は暖かで
春の宵《よい》は過ぎてゆく
春の夜は短く
夜明けを恨めしく思いつつ
日が高くなってから起きる
これより帝《みかど》は、早朝の政《まつりごと》に出なくなった

▼**雲鬢**　女性の豊かで美しい黒髪。当時の女性は、髷《まげ》を結い、髪を高く束ねて巻き上げていた。
▼**芙蓉**　蓮の花の別名。
▼**帳**　とばり、カーテン。
▼**早朝**　当時の政務は早朝に行われたことから、「朝廷」の名がある。

きれい

# 花○満●城○

花《はな》は城《しろ》に満《み》つ

町は花で埋めつくされる。

ここでの「花」は梨の花。
日本では「無し」に通ずることからあまり好まれないが、
中国では詩文によく梨の花が描かれる。
作者である蘇軾は、北宋第一の才人。
詩も文も絵も書も詞も、すべてにおいて大家であった。
この詩は、彼の後任で密州（山東省）知事になった孔宗翰《こうそうかん》の詩に
和したもの。

［詩人］
蘇軾《そしょく》（北宋）
一〇三六〜一一〇一　古文の大家。
詳細は232頁参照。

［詩題］
和孔密州五絶
東欄梨花
（孔密州《こうみつしゅう》の五絶《ごぜつ》に和《わ》す東欄《とうらん》の梨花《りか》）

〔原詩〕

梨花淡白柳深青。
柳絮飛時**花満城**。
惆悵東欄一株雪
人生看得幾清明。

〔詩形〕

七言絶句

〔押韻〕

下平声八庚の韻

〔読み〕

梨花《りか》は淡白《たんぱく》にして
柳《やなぎ》は深青《しんせい》なり
柳絮《りゅうじょ》の飛《と》ぶ時《とき》
花《はな》は城《しろ》に満《み》つ
惆悵《ちゅうちょう》す東欄《とうらん》
一株《いっしゅ》の雪《ゆき》に
人生幾《じんせいいく》たびの
清明《せいめい》をか看得《みえ》ん

▼柳絮　白い綿毛に包まれた柳の種子。
▼城　町。
▼惆悵　痛み悲しむ。
▼欄　欄干。
▼看得　見ることができる。
▼清明　陽暦の四月五日頃。

〔訳〕

梨の花は薄い白
柳の芽は深みどり
柳の綿が飛ぶころ
町中は花で埋まっている
官舎の東の欄干《らんかん》の傍《かたわ》らに
雪のように咲く梨の木が一本があり
それを思い出して物思いにくれる
一生に何度、このような素晴らしい
清明の日と出会うことができるだろう

きれい

きれい

# 露・華◉濃○

露華《ろか》濃《こまや》かなり

牡丹《ぼたん》を濡らす露《つゆ》は、月明かりで艶《つや》やかに輝いている。

李白が四十三、四歳ごろの作品。三首連作の第一首目。
牡丹《ぼたん》の花の華麗さと楊貴妃《ようきひ》の美貌が、
二重写しになって詠われているのが見どころ。
二十代半ばの楊貴妃の艶《つや》やかさを、濃厚に詠じている。
アメリカの化粧品会社レブロンは、
このフレーズを中国での社名に使用している。

［詩人］
李白《りはく》（唐）
七〇一～七六二
詩仙。中国四大詩人の一人。盛唐の三大詩人の一人。
詳細は94頁参照。

［詩題］
清平調詞《せいへいちょうし》

［原詩］
雲想衣裳花想容○
春風払檻露華濃○
若非群玉山頭見
会向瑤台月下逢○
［詩形］
七言絶句
［押韻］
上平声二冬の韻

［読み］
雲《くも》には衣裳《いしょう》を想《おも》い
花《はな》には容《かんばせ》を想《おも》う
春風《しゅんぷう》檻《かん》を払《はら》って
露華《ろか》濃《こまや》かなり
若《も》し群玉山頭《ぐんぎょくさんとう》にて
見《み》るに非《あら》ずんば
会《かなら》ず瑤台月下《ようだいげっか》に
向《お》いて逢《あ》わん

▼檻　沈香亭《ちんこうてい》（唐都長安の興慶宮《こうけいきゅう》にある小亭）の手すり。
▼露華　美しい露。
▼濃　艶やかで美しい。
▼群玉山　伝説上の山名。
▼会　きっと～だろう。
▼瑤台　仙人のいる高殿。

［訳］
雲を見れば楊貴妃の衣裳が目に浮かび
牡丹の花を見れば
楊貴妃の容貌が目に浮かぶ
春風は沈香亭の手すりにあたり
牡丹を濡らす露は月光を受けて
艶やかに輝いている
美しい人は、もしも群玉山の上で
見かけるのでなければ
瑶台の月明かりのもとでしか
会うことができないだろう

きれい

きれい

# 桃花流水

桃花流水《とうかりゅうすい》

桃の花びらが、流れに乗って流れている。

［詩人］
李白《りはく》（唐）
七〇一～七六二
詩仙。中国四大詩人の一人。盛唐の三大詩人の一人。
詳細は94頁参照。
［詩題］
山中問答《さんちゅうもんどう》

李白五十三歳の作品。問答体を用いて、人生観を述べている。
この形式は、陶淵明《とうえんめい》による連作「飲酒」詩の其の五の影響が明白である。
古来、桃は災いを払うとされてきた。
桃符《とうふ》（桃の板）を門に掲げて魔よけに用いる。
わが国の桃太郎は鬼退治（厄払い）をした。
ここでは、「桃花流水」が桃源郷（ユートピア）を暗示している。

［原詩］
問余何意棲碧山○
笑而不答心自閑○
**桃花流水窅然去**
別有天地非人間○

［詩形］
七言古詩
［押韻］
上平声十五刪の韻

［読み］
余《よ》に問《と》う 何《なん》の意《い》ありてか
碧山《へきざん》に棲《す》むと
笑《わら》って答《こた》えず
心《こころおのずか》 自 ら閑《かん》なり
桃《とう》花《か》流水《りゅうすい》
窅然《ようぜん》として去《さ》り
別《べつ》に天地《てんち》の
人間《じんかん》に非《あら》ざる有《あ》り

▼何意　どういう考えで。
▼閑　のどか。
▼窅然　はるかなさま。
▼天地　世界。
▼人間　俗世間。

［訳］
どんな考えで、緑の山に
閉じ籠《こも》っているのかと尋ねられた
笑って答えなかった
心は落ち着いてのどかだ
桃の花びらが
流れに乗って去っていくが
ここは俗世間と違う
別天地である

きれい

# 楚・腰・繊・細

楚腰繊細《そようせんさい》

美女の腰はくびれていて。

【詩人】
杜牧《とぼく》（唐）
八〇三～八五二
京兆万年（陝西省西安）の人。七言絶句に優れる。詳細は182頁参照。

【詩題】
遣懐
（懐《おも》いを遣《や》る）

前半二句の甘美なノスタルジーが、後半二句には苦々しい悔恨となり、模範的な起承転結を構成する。

第二句は典故を用いて、古の美女もかくや、と思わせる。腰のくびれた女というのは、古来、美人の必須条件であった。

当時、江南《こうなん》随一の交通の要衝、交易の中心地であった揚州《ようしゅう》の歓楽街には、妓楼《ぎろう》が軒を連ねていた。そうした地名のイメージから、第三句はどうあっても、「揚州」の夢でなければならない。

[原詩]

落魄江湖載酒行○
楚腰繊細掌中軽○
十年一覚揚州夢
贏得青楼薄倖名○

[詩形]
七言絶句

[押韻]
下平声八庚の韻

[読み]

江湖《こうこ》に落魄《らくはく》して　酒《さけ》を載《の》せて行《ゆ》く
楚腰繊細《そようせんさい》にして　掌中《しょうちゅう》軽《かろ》し
十年《じゅうねん》一《ひと》たび覚《さ》む　揚州《ようしゅう》の夢《ゆめ》
贏《か》ち得《え》たり　青楼薄倖《せいろうはくこう》の名

▼**遣懐**　鬱屈した、わだかまる思いを発散させる。
▼**楚腰**　腰のくびれた美女。昔、楚《そ》の霊王《れいおう》が細いウエストの美女を好んだ故事から。
▼**掌中軽**　漢の成帝の妃、趙飛燕はスリムで体が軽く、手のひらの上で軽やかに舞うほどだと評された。
▼**青楼**　遊女屋。妓楼。
▼**薄倖**　浮気者、遊冶郎《ゆうやろう》。

[訳]

江南の地で失意の身にあったときには
舟にまで酒樽を積み込んで酒びたりだった
古の楚《そ》の美女を思わせるような細身の女は
掌《てのひら》の上で軽やかに舞うかと思ったほどだ
そんな生活に明け暮れて十年
しかし、いったん揚州の夢が覚めてみれば
手に入れたものは、遊郭で酒色にふけった
浮気者、との悪名だけだった

きれい

# 琥・珀・光◦

琥珀《こはく》の光《ひかり》

琥珀《こはく》色に光り輝く酒。

［詩人］
李白《りはく》（唐）
七〇一〜七六二
詩仙。中国四大詩人の一人。盛唐の三大詩人の一人。詳細は94頁参照。

［詩題］
客中作
（客中《かくちゅう》の作《さく》）

李白が三十四、五歳の頃、蘭陵《らんりょう》（山東省）に放浪していたときに作られた作品であろう。

「蘭陵」の「蘭」（ふじばかま）が香草の「鬱金香《うっこんこう》」に応じて酒の〝香り〟を、「玉椀」と「琥珀」が応じて、酒の〝色〟を意識させる。

酒の香りと色から「酔」が呼び起こされ、ついには陶然とする「不知」へと繋がる用字は見事。

［原詩］
蘭陵美酒鬱金香○
玉椀盛来琥珀光○
但使主人能酔客
不知何処是他郷○

［詩形］
七言絶句
［押韻］
下平声七陽の韻

［読み］
蘭陵《らんりょう》の美酒《びしゅ》
鬱金香《うっこんこう》
玉椀《ぎょくわん》盛《も》り来《き》たる
琥珀《こはく》の光《ひかり》
但《た》だ主人《しゅじん》をして
能《よ》く客《かく》を酔《よ》わしむ
知《し》らず何《いず》れの処《ところ》か
是《こ》れ他郷《たきょう》

▼鬱金　香草。
▼玉椀　美しい御椀。
▼琥珀　植物の樹脂の化石。
▼但使　ただ～しさえすれば。
▼主人　宿のあるじ。
▼客　旅人。

［訳］
蘭陵の旨酒《うまざけ》は
鬱金香のようないい香りを放っている
美しい杯に盛れば
琥珀色（黄色）に光り輝いている
ただ、主人が旅人の私を
充分酔わせてくれさえすれば
いったいどこが他国なのであろうか
故里にいるのと変わらない

きれい

# 総・帯・花○

総《すべ》て花《はな》を帯《お》ぶ

花影《かえい》をまとって（泳ぐ魚）。

［詩人］
薛濤《せっとう》（唐）
七六八〜八三一？
七言絶句を得意とする女流詩人。芸者（女校書《じょこうしょ》）。

［詩題］
海棠渓《かいどうけい》

渓谷に海棠《かいどう》が咲き乱れている。
その花影が水面に投影し、
下を泳ぐ魚は、まるで花模様を身につけたよう。
この詩の描く情景は、繊細そのもの。
見たままを素直に写生したものであろうが、
そこには女性らしい豊かな感受性があらわれている。

［原詩］

春教風景駐仙霞○
水面魚身総帯花○
人世不思霊卉異
競将紅纈染軽沙○

［詩形］
七言絶句

［押韻］
下平声六麻の韻

［読み］

春《はる》は風景《ふうけい》をして
仙霞《せんか》を駐《とど》まらしめ
水面《すいめん》の魚身《ぎょしん》
総《すべ》て花《はな》を帯《お》ぶ
人世《じんせい》思《おも》わず
霊卉《れいき》の異《い》を
競《きそ》って紅纈《こうけつ》を
将《もっ》て軽沙《けいさ》を染《そ》む

［訳］

春の神が、この地に
海棠の花霞をとどめておいた
水面近くを泳ぐ魚は
海棠の花影に染まって
どれも花を身につけたようだ
世間の人々は、自然の霊妙な
美しさはわからない
砂の上に赤く染めたしぼりを干して
花と美しさを競っている

▼仙霞　海棠《かいどう》の花が作り出す花霞。
▼霊卉異　海棠の霊妙な美しさ。
▼紅纈　赤く染めたしぼり。

きれい

# 月移花影

月《つき》は花影《かえい》を移《うつ》す

月に映《うつ》し出された花影《かえい》。

王安石が北宋の都汴京《べんけい》（現在の開封《かいほう》）の宮中で宿直をしたのは翰《かん》林《りん》学士になったころであろう（熙寧《きねい》元〔一〇六八〕年）。前半の二句は宿直をしていたときの実感であろうか。香の煙も水時計の音も尽き、吹き渡る微風に肌寒さを感じている。眠りにつけないまま時を過ごしていると、月に映し出された花の影が欄干《らんかん》まで上ってきた。印象的である。

［詩人］
王安石《おうあんせき》（北宋）
一〇二一～一〇八六　唐宋八大家《とうそうはちたいか》の一人。政治家。詩人としても有名。

［詩題］
夜直《やちょく》

［原詩］

金炉香尽漏声残○
翦翦軽風陣陣寒○
春色悩人眠不得
**月移花影上欄干○**

［詩形］

七言絶句

［押韻］

上平声十四寒の韻

［読み］

金炉《きんろ》香《こう》尽《つ》きて
漏声《ろうせい》残《ざん》す
翦翦《せんせん》の軽風《けいふう》
陣陣《じんじん》の寒《さむ》さ
春色《しゅんしょく》人《ひと》を悩《なや》まして
眠《ねむ》り得《え》ず
月《つき》は花影《かえい》に移《うつ》り
欄干《らんかん》に上《のぼ》らしむ

▼**夜直**　宮中にとのいすること。
▼**金炉**　金属製の香炉。
▼**漏声**　水時計の音。
▼**翦翦**　風がそよそよと吹くさま。
▼**春色**　春の様子。

［訳］

学士院の香の煙もつき
水時計の音も次第につきようとしている
微風が吹き渡ってくるが
肌寒さが感じられる
春景色は人を物思いに耽《ふけ》らせ
なかなか眠りにつくことができない
いつしか時も移り
月に映し出された花の影が
欄干まで上ってきた

きれい

# 宛・転○蛾◉眉○

宛転《えんてん》たる蛾眉《がび》

美女の眉は美しい曲線《カーブ》を描く。

全二十六句からなる長詩の、末尾の四句のみを掲げた。白楽天《はくらくてん》の「長恨歌《ちょうごんか》」にも、楊貴妃《ようきひ》を形容して、「宛転《えんてん》たる蛾眉《がび》、馬前《ばぜん》に死《し》す」とある。この詩はほかにも名句が数多い。なかでも最も名高いのは、「年年歳歳花相似たり《ねんねんさいさいはなあいにたり》　歳歳年年人同じからず《さいさいねんねんひとおなじからず》」（十一、十二句）であろう。あまりの巧みさに舅《しゅうと》の宋之問《そうしもん》からこの句を譲るように頼まれ、彼が肯《がえ》んじなかったため、殺されてしまったという話があるほどだ。

［詩人］
劉希夷《りゅうきい》（唐）
六五一～六七九？
性豪倣で、世に受け入れられぬまま夭折。

［詩題］
代悲白頭翁
（白頭《はくとう》を悲《かな》しむ翁《おきな》に代《か》わりて）

［原詩］
宛転蛾眉能幾時○
須臾鶴髪乱如糸○
但看古来歌舞地
惟有黄昏鳥雀悲○

［詩形］
七言古詩

［押韻］
上平声四支の韻

［読み］
宛転《えんてん》たる蛾眉《がび》
能《よ》く幾時《いくとき》ぞ
須臾《しゅゆ》にして
鶴髪《かくはつ》 乱《みだ》れて糸《いと》の如し
但《た》だ看《み》る
古来歌舞《こらいかぶ》の地《ち》
惟《ただ》 黄昏《こうこん》
鳥雀《ちょうじゃく》の悲《かな》しむ有《あ》るのみ

［訳］
美しい曲線を描く美女の眉も
いつまでそのままの美を保てようか
あっという間に、白髪が糸のように乱れた
媼《おうな》となるではないか
古《いにしえ》から歌舞音曲《かぶがっきょく》に満ちていた盛り場でさえも
今では、黄昏時《たそがれどき》に、小鳥が悲しげに鳴いているだけの風景となってしまったのだ

▼宛転　美しく緩やかに湾曲するさま。
▼蛾眉　蛾の触角のような、三日月眉《みかづき》。「蛾黛《がたい》」ともいう。
▼能　「よく」という副詞ではなく、第一義は「～できる」という可能の助動詞。
▼須臾　ごく短い時間。
▼鶴髪　白髪頭。
▼鳥雀　小鳥のたとえ。同義語に「燕雀《えんじゃく》」がある。

きれい

# 王《おう》維《い》（六九九〜七五九。一説に七〇一〜七六一）

盛唐の三大詩人の一人。字《あざな》は摩詰《まきつ》、太原《たいげん》（山西《さんせい》省）の人。子どもの頃より聡明とうたわれ、十五歳の時に科挙の準備のために都（長安）に上った。王維には十代に制作した詩が残されており、早くから詩人として名を成していたことがわかる。王維は詩人として名を成していたばかりではなく、音楽にも通じていた。ある時、一幅の奏楽図《そうがくず》を見た王維は「これの図は霓裳羽《げいしょうう》衣《い》の曲」と答えたので、楽師を呼んで、演奏させるとその通りであったというエピソードが残されている。さらに、画・書にもその才を発揮し、都の王侯貴族たちの寵児となって、二十一歳という若さで進士に及第した。

順調に役人生活を送っていた王維だが、晩年になって安禄山《あんろくざん》の乱（七五五年）に巻き込まれ、賊軍（安禄山）に捕らえられ、無理やりに官に就けられた。乱の平定後、官を下げられただけで済み、後日、尚書右丞《しょうしょゆうじょう》に進んだ。

王維は熱心な仏教徒でもあった。王維は官僚生活の合間をみては、秦嶺《しんれい》山脈の北麓に広がる別荘（輞川荘《もうせんそう》）に出かけ、閑適な暮らしを楽しんでいた。

# 第3章

# こころよい

安心して身を
ゆだねる

# 抱村流

ここちよい

村《むら》を抱《いだ》いて流《なが》る

川に囲まれた静かな村のたたずまい。

［詩人］
杜甫《とほ》（唐）
七一二〜七七〇
詩聖。中国四大詩人の一人。古詩・律詩を得意とする。詳細は112頁を参照。
［詩題］
江村《こうそん》

三年間滞在した成都《せいと》での作。「一生憂う」と評される彼の作品の中で、やすらぎのひとときと穏やかな充足感を詠んだ秀作。七句目の「多病所須唯薬物」を「但有故人供禄米」（但《た》だ故人《こじん》の禄米《ろくべい》を供《きょう》する有《あ》り）としているテキストもある。杜甫の生涯は、病気と飢えに終始悩まされ続けた。奇しくも両説あるわけだが、現代に至るまで、世界中で「薬物」と「禄米」の入手に苦しむ人々がいることに、思いを致さざるを得ない。

［原詩］

清江一曲**抱村流**○
長夏江村事事幽○
自去自来梁上燕
相親相近水中鷗○
老妻画紙為棊局
稚子敲針作釣鈎○
多病所須唯薬物
微軀此外更何求○

［詩形］
七言律詩

［押韻］
下平十一尤の韻

［読み］

清江一曲村《せいこういっきょくむら》を抱《いだ》いて流《なが》る
長夏《ちょうか》江村《こうそん》 事事《じじ》幽《しずか》なり
自《おのずか》ら去《さ》り 自《おのずか》ら来《き》たる
梁上《りょうじょう》の燕《つばめ》
相親《あいした》しみ相近《あいちか》づく 水中《すいちゅう》の鷗《かもめ》
老妻《ろうさい》は紙《かみ》に画《えが》いて 棊局《ききょく》を為《つく》り
稚子《ちし》は針《はり》を敲《たた》いて 釣鈎《ちょうこう》を作《つく》る
多病《たびょう》須《ま》つ所《ところ》は 唯薬物《ただやくぶつ》
微軀《びく》 此《こ》の外《ほか》に 更《さら》に何《なに》をか求《もと》めん

▼**江村**　川辺の村里。
▼**幽**　静かで薄暗く、ひっそりとして目立たない様子。この時期の杜甫の詩に、時折使われることば。
▼**微軀**　身分が卑しく、取るに足らない者。謙遜の語。

［訳］

きれいに澄んだ川が屈曲して
村を取り囲むように流れている
長い夏の日ざしのもと
すべてが静まりかえっている
梁の上に巣くっている燕《つばめ》は
やって来たり出ていったり
すいすい泳ぐ鷗《かもめ》は
人に慣れて寄ってくる
老妻は紙に碁盤を画き
幼な子は針をたたいて釣り針を作っている
病気がちのわたしが要るのは
ただ薬のみ
取るに足らぬ我が身の上
このほかには何もいらない

ここちよい

# 不覚暁

暁を覚えず

朝になったのも気がつかずに寝ている。

春の眠りは心地よく、陽光を浴びていると仕事も勉強も忘れ、しばし、その眠りに誘われてしまう。この詩の起句「春眠《しゅんみん》暁《あかつき》を覚《おぼ》えず」は人口に膾炙《かいしゃ》しすぎて、漢詩を知らない人でもよく口ずさむほどである。作者・孟浩然は、王維《おうい》・韋応物《いおうぶつ》・柳宗元《りゅうそうげん》と並んで自然を詠じた詩人として知られている。

〔詩人〕孟浩然《もうこうねん》（唐）
六八九〜七四〇
自然を詠う詩人。科挙に応じて及第せず、諸国を放浪。陶淵明《とうえんめい》の影響あり。
〔詩題〕春暁《しゅんぎょう》

［原詩］

春眠不覚暁●
処処聞啼鳥●
夜来風雨声
花落知多少●

［詩形］

五言絶句

［押韻］

上声十七篠の韻

［読み］

春眠《しゅんみん》暁《あかつき》を覚《おぼ》えず
処処《しょしょ》啼鳥《ていちょう》を聞《き》く
夜来《やらい》風雨《ふうう》の声《こえ》
花落《はなお》つること知《し》る多少《たしょう》

▼春眠　春の眠り。
▼覚　気づく。
▼処処　至るところ。
▼多少　疑問詞。
▼花　唐代では、花といえば牡丹《ぼたん》を指す。

［訳］

春の夜のうつらうつらとした
心地よい眠りに
夜の明けたのも気づかなかった
外のあちらこちらには
小鳥の囀《さえず》りがあって
その鳴き声が聞こえてくる
昨夜は風雨の音がしていたが
花はどれくらい散ったのだろうか

ここちよい

ここちよい

# 伴・月・将・影

月《つき》と影《かげ》とを伴《ともな》って

月と影を相手にさあ一献。

［詩人］
李白《りはく》（唐）
七〇一～七六二
詩仙。中国四大詩人の一人。盛唐の三大詩人の一人。
詳細は94頁を参照。
［詩題］
月下独酌《げっかどくしゃく》

詩題に「独酌」とあるように、あくまでも飲むのは李白ひとりである。作者はこれに続く句で、「我歌《われうた》えば月徘徊《つきはいかい》し　我舞《われま》えば影《かげ》凌乱《りょうらん》す」と詠んでいる。いかにも李白らしい開放的な気分が横溢した作品といえよう。

同時に、李白は、人生が有限であることを自覚し、人間関係に執着しないことが賢明であることを知っていた。とかく物事に執心しがちな現代人に、一石を投じる作品といえる。

［原詩］

花間一壺酒
独酌無相親○
挙杯邀明月
対影成三人○
月既不解飲
影徒随我身○
**暫伴月将影**
行楽須及春○
（後略）

［詩形］

五言古詩

［押韻］

上平声十一真の韻

［読み］

花間《かかん》 一壺《いっこ》の酒《さけ》
独《ひと》り酌《く》みて 相《あい》親《した》しむ無《な》し
杯《さかずき》を挙《あ》げて 明月《めいげつ》を邀《むか》え
影《かげ》に対《たい》して 三人《さんにん》と成《な》る
月《つき》 既《すで》に 飲《の》むを解《かい》せず
影《かげ》 徒《いたず》らに 我《わ》が身《み》に随《したが》う
暫《しばら》く月《つき》と影《かげ》とを 伴《ともな》って
行楽《こうらく》 須《すべから》く春《はる》に及《およ》ぶべし

▼将 「と」という接続詞。

▼須 必須の意。「すべからく〜べし」と訓む。

［訳］

咲きほこる花々に囲まれて
前には満ち溢れんばかりの酒一壺
一杯始めてみたものの
ともに酌み交わす親しい友がいない
杯《さかずき》を高々と挙げて
昇ってくる明月をお招きして
私の影と向かいあわせて
これで三人集まった
だが、月はもともと
酒飲みのこころはわからぬし
影はというと
私につきまとうばかりで無粋だ
ひとまずは仕方ない
この月と影を相棒にしようか
美しい春の日を逃さず楽しむことが肝要だ

## ここちよい

ここちよい

# 酔•和○春○

酔《よ》って春《はる》に和《わ》す

酔って春の空気に溶けこむよう。

全百二十句の十九～二十二句。韻字が変わり、内容も区別される。「酔和春」とは文学的な表現だが、おそらくそのまま、気だるくも快い眠りについたということだろう。

「長恨歌」はその平易な表現とも相まって広く愛唱され、きらびやかな後宮の様子は、わが国の『源氏物語』にも大いに取り入れられたが、中国では、ハーレムに美姫二万人を擁した王朝もあった。そのスケールの大きさにはただただあきれるばかりだ。

［詩人］
白居易《はくきょい》（唐）
七七二～八四六
中国四大詩人の一人。詳細は130頁を参照。

［詩題］
長恨歌《ちょうごんか》

# ここちよい

［原詩］

後宮佳麗三千人○
三千寵愛在一身○
金屋粧成嬌侍夜
玉楼宴罷酔和春○

［詩形］

七言古詩

［押韻］

上平声十一真の韻

［読み］

後宮《こうきゅう》の佳麗《かれい》
三千人《さんぜんにん》
三千《さんぜん》の寵愛《ちょうあい》
一身《いっしん》に在《あ》り
金屋《きんおく》粧《よそお》い成《な》って
嬌《きょう》として夜《よる》に侍《じ》し
玉楼宴《ぎょくろうえん》罷《や》んで
酔《よ》うて春《はる》に和《わ》す

［訳］

後宮の美女は三千人
その三千への寵愛が
彼女の一身のみにかたむけられた
黄金の御殿でよそおいをこらし
あでやかに夜のお相手に侍《はべ》って
玉の楼閣に宴《うたげ》が果てると
ほろ酔い心地で
春の空気に溶けこんでいった

▼在　所在をあらわす。ここでは楊貴妃のもとに、の意。

▼嬌　あでやかで色っぽいさま、しなやかでなよなよしたさま。現代日本語では「愛嬌」という熟語で表現されることが多い。

ここちよい

# 囲○香○風◉

香風《こうふう》を囲《かこ》む

いい香りの風が吹き渡る。

酒を飲んで歌う楽しさを詠った詩。
芥川龍之介の愛唱歌の一つ。
このフレーズは詩の前半にあり、豪華絢爛な酒席を詠っている。
美しい部屋にいるだけで、なんとも心地よい。
ガラスの酒器《しゅき》と旨酒《うまざけ》が揃い、満ち足りた気持ち。
さらに、ごちそうの香りが漂ってきて最高の気分である。

[詩人]
李賀《りが》（唐）
七九〇～八一六
鬼才。詩は一流詩人からも高く評価される。

[詩題]
将進酒《しょうしんしゅ》

［原詩］

瑠璃鍾○
琥珀濃○
小槽酒滴真珠紅○
烹竜炮鳳玉脂泣●
羅幃繍幕囲香風◎
（後略）

［詩形］
雑言古詩

［押韻］
換韻

［読み］

瑠璃《るり》の鍾《さかずき》
琥珀《こはく》濃し
小槽《しょうそう》酒《さけ》滴《したた》って 真珠《しんじゅ》紅《くれない》なり
竜《りゅう》を烹《に》鳳《ほう》を炮《あぶり》て 玉脂《ぎょくし》泣《な》く
羅幃《らい》繍幕《しゅうばく》 香風《こうふう》を囲《かこ》む

［訳］

ガラスの 杯《さかずき》に
注がれた酒は濃い琥珀《こはく》色
小さな器から 滴《したた》り落ちる
真珠のような酒のしずくは
真っ赤である
竜や鳳の肉を煮たり焼いたりすると
玉《ぎょく》のような脂《あぶら》が滲《し》み出て
まるで涙を流しているかのよう
薄絹のとばりや刺繍《ししゅう》の垂れ幕の中に
いい香りの風が吹き渡る

▼瑠璃　ガラス。
▼琥珀　ここでは赤色。
▼小槽　小さな器。
▼竜　珍味のたとえ。
▼鳳　珍味のたとえ。
▼羅幃　薄絹のとばり。
▼繍幕　刺繍が施された垂れ幕。

ここちよい

# 満・院◉香○

満院《まんいん》 香《かんば》し

庭中に満ちる芳香。

夏の暑い日の別荘での避暑の風景。前半は暑いことを詠う。二句目、池に建物の影が映っているということは、池があるから涼しさを感じるというのではなく、水面が動かず静止しているということで、風がない、暑いということを強調している。後半、簾が涼しげな音色をたてたことから、ここで詩は動的になり、触覚的、聴覚的感覚を読者に印象づける。結句は臭覚的表現で締めくくる。

[詩人]
高駢《こうべん》（唐）
八二一～八八七
代々武門の出身。最後は部下に殺された。

[詩題]
山亭夏日《さんていかじつ》

［原詩］
緑樹陰濃夏日長○
楼台倒影入池塘○
水精簾動微風起
一架薔薇満院香○

［詩形］
七言絶句

［押韻］
下平声七陽の韻

［読み］
緑樹《りょくじゅ》 陰《かげ》 濃《こまや》かにして 夏日《かじつ》長《なが》し
楼台《ろうだい》 影《かげ》を倒《さかしま》にして 池塘《ちとう》に入《い》る
水精《すいしょう》の簾《すだれ》 動《うご》きて 微風《びふう》起《お》こり
一架《いっか》の薔薇《しょうび》 満院《まんいん》香《かんば》し

▼山亭　山の別荘。
▼水精簾　水晶で作った簾。または、水晶のように透きとおった美しい簾。
▼薔薇　バラ。
▼院　中庭。現代中国語では院子《ユアンツ》。

［訳］
こんもりとした樹木に、昼下がりの陽光が照りつけて、地面に濃い影ができている
庭内の高殿は、さかさまとなって影が池にくっきりと移っている
水晶の簾が音を立ててゆらゆら揺れてかすかに風が吹いてきたことに気がついた
その風に乗って、庭に咲く薔薇《ばら》の花のにおいが伝わってきた

ここちよい

ここちよい

# 坐・終○日・

終日《しゅうじつ》坐《ざ》す

一日中、座っている。

王安石は南京《なんきん》の郊外にある鍾山《しょうざん》と市街との中間に、半山亭《はんざんてい》と名づけた隠居所をつくって余生を送っていた。その軒先に座って、一日中眺めていたのが鍾山である。政争から解き放たれた王安石の、日常生活のスケッチ。ゆったりとした気分で静かな山を眺めていると、見飽きることはないのだろう。

[詩人]
王安石《おうあんせき》(北宋)
一〇二一～一〇八六　唐宋八大家《とうそうはちたいか》の一人。政治家。詩人としても有名。

[詩題]
鍾山即事《しょうざんそくじ》

［原詩］

澗水無声遶竹流○
竹西花草弄春柔○
茅簷相対坐終日
一鳥不啼山更幽○

［詩形］

七言絶句

［押韻］

下平声十一尤の韻

［読み］

澗水《かんすい》声《こえ》無《な》く
竹《たけ》を遶《めぐ》って流《なが》る
竹西《ちくせい》の花草《かそう》
春《しゅん》柔《じゅう》を弄《ろう》す
茅簷《ぼうえん》相対《あいたい》して
坐《ざ》すること終日《しゅうじつ》
一鳥《いっちょう》啼《な》かず
山《やま》更《さら》に幽《ゆう》なり

▼鍾山　南京の北にある山。紫金山とも。
▼即事　折にふれて。
▼弄　性質を存分に発揮するという意味。
▼相対　作者と鍾山とが向き合っていること。

［訳］

隠居所に谷川のせせらぐ音もなく
竹の周りをめぐって流れている
竹の西側の花や草は
春らしい柔かな雰囲気に包まれている
茅葺《かやぶ》きの軒先で一日中
鍾山《しょうざん》と向きあっていても
一羽の鳥の鳴き声も聞こえず
山は一層、静けさを増したようである

ここちよい

# 花有清香

花《はな》に清香《せいこう》有《あ》り

花には清らかな香りが漂う。

この詩の起句「春宵一刻直千金」は名高く、人口に膾炙《かいしゃ》している。千金にも値する春の夜とは、どんなものか。「花に清らかな香りが漂い、月がおぼろに霞んで見える」その情景が、素晴らしいのだろうか。いや、蘇軾が千金の値打ちをつけたのは、「夜が静かに更《ふ》けてゆく」様子であろう。

[詩人]
蘇軾《そしょく》（北宋）一〇三六〜一一〇一　北宋第一の才人。詳細は232頁参照。

[詩題]
春夜《しゅんや》

こ こ ち よ い

［原詩］

春宵一刻直千金○
**花有清香月有陰**○
歌管楼台声細細
鞦韆院落夜沈沈○

［詩形］

七言絶句

［押韻］

下平声十二侵の韻

［読み］

春宵《しゅんしょう》一刻《いっこく》
直《あたい》千金《せんきん》
花《はな》に清香《せいこう》有《あ》り
月《つき》に陰《かげ》有《あ》り
歌管楼台《かかんろうだい》
声《こえ》細細《さいさい》
鞦韆院落《しゅうせんいんらく》
夜《よる》沈沈《ちんちん》

［訳］

春の夜はひとときが
千金にも値する
花には清らかな香りが漂い
月はおぼろにかすんでいる
高殿での歌声や
管弦の賑やかな調べも終わり
今はかぼそく聞こえてる
中庭にブランコが下がり
夜は静かに更《ふ》けてゆく

▼春宵　春の夜。
▼一刻　十五分。
▼直　値。
▼歌管　歌声と管弦楽。
▼楼台　高殿。
▼細細　かぼそい。
▼鞦韆　ブランコ。
▼院落　中庭。
▼沈沈　夜が更けてゆくこと。

ここちよい

# 抱花眠

花《はな》を抱《いだ》いて眠《ねむ》る

花に抱かれて眠る毎日。

作者は四十歳の若さで知事の職を辞して官界を引退。南京中心部の小倉山《しょうそうざん》に「随園《ずいえん》」という広大豪奢な別荘邸宅を造営し、八十過ぎで没するまで自由人として生きた。だから「抱花眠」といっても、田園に隠逸したわけではない。詩の添削を生業としていたりして、名利に恬淡というにはやや俗っぽい側面もある。

一般には、『随園食単』の著者として、そのグルメぶりで有名。

［詩人］
袁枚《えんばい》（清）
一七一六〜一七九七　性霊《せいれい》派の詩人。感性重視の詩作を主張。

［詩題］
銷夏詩
（銷《しょう》夏《か》の詩《し》）

［原詩］

不著衣冠近半年○
水雲深処**抱花眠**○
平生自想無官楽
第一驕人六月天○

［詩形］

七言絶句

［押韻］

下平声一先の韻

［読み］

衣冠《いかん》を著《つ》けざること　半年《はんとし》に近《ちか》く
水雲深《すいうんふか》き処《ところ》　花《はな》を抱《いだ》いて眠《ねむ》る
平生自《へいぜいみずか》ら想《おも》う　無官《むかん》の楽《たの》しみ
第一人《だいいちひと》に驕《おご》る　六月《ろくがつ》の天《てん》

▼**銷夏**　夏の暑さよけ。避暑。「銷」はしのぐ意。一般には「消」字で代用する。
▼**衣冠**　官吏の正装。
▼**六月**　旧暦の六月であるから、酷暑、炎天下を指す。

［訳］

堅苦しい宮仕えをやめてから
半年近く経った
今は毎日、水に囲まれ雲がたなびくところ
で、静かに花に抱かれて眠っている
常日頃、無位無官の生活を楽しもうと思う
ことしきりだが
まず人に誇りたいのは、六月の酷暑をこの
ように満喫して過ごしていることだ

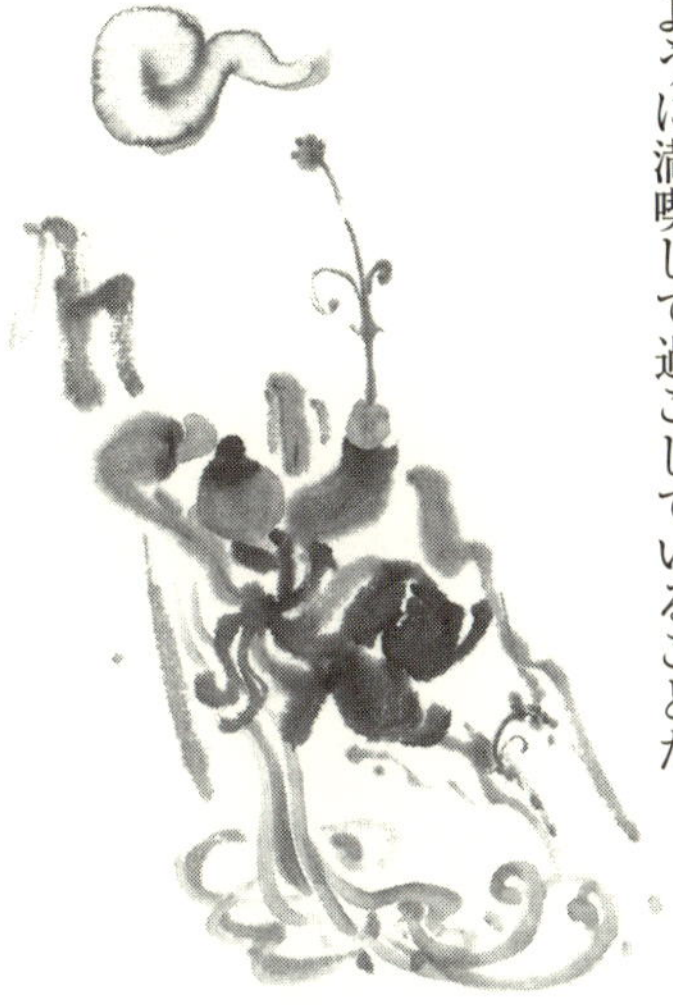

ここちよい

ここちよい

暗香浮動

暗香浮動《あんこうふどう》

闇に漂うほのかな芳香。

詩中には「梅」の字が登場しないが、「暗香」「疎影」は、この詩を典拠に梅の雅語となった。

梅は、蘭、菊、竹と並んで「四君子」と呼ばれ、清楚で気品ある植物として愛された。

三、四句目は対句。身の回りの事物に対する、研ぎ澄まされた感覚的な表現は、宋詩の特長をうかがわせるに十分である。

［詩人］
林逋《りんぽ》（北宋）
九六七～一〇二八
字の和靖で知られる。梅と鶴を友に、隠士として生涯を終えた。

［詩題］
山園小梅
（山園《さんえん》の小梅《しょうばい》）

［原詩］
衆芳揺落独暄妍○
占尽風情向小園○
疎影横斜水清浅
暗香浮動月黄昏○
霜禽欲下先偸眼
粉蝶如知合断魂○
幸有微吟可相狎
不須檀板共金尊○

［詩形］
七言律詩

［押韻］
上平声十三元の韻

［読み］
衆芳揺落《しゅうほうようらく》して 独《ひと》り暄妍《けんけん》たり
風情《ふぜい》を占《し》め尽《つ》くして
小園《しょうえん》に向《む》かう
疎影横斜《そえいおうしゃ》して 水《みず》 清浅《せいせん》
暗香浮動《あんこうふどう》して 月《つき》 黄昏《こうこん》
霜禽《そうきん》下《お》りんと欲《ほっ》して先《ま》ず眼《め》を偸《ぬす》み
粉蝶《ふんちょう》如《も》し知《し》らば合《まさ》に
魂《たましい》を断《た》つべし
幸《さいわ》いに微吟《びぎん》の相《あい》狎《な》るべき有《あ》り
須《もち》いず 檀板《だんぱん》と金尊《きんそん》とを

▼暄妍　あざやかで美しいこと。
▼霜禽　霜のような白い模様のある鳥。
▼粉蝶　脂粉（おしろい）のように白い蝶。
▼檀板　まゆみの木で作った歌の伴奏用の拍子木。
▼金尊　酒の美称。尊は酒樽、樽に同じ。

［訳］
諸々のかぐわしい花々が散ったあと
ただ梅だけがあざやかにほころび
この場の風情を専らにしている
その小さな園に足を踏み入れる
梅花のまばらな影が
澄みきった浅瀬に斜めに差し込み
ほのかな梅の香が
黄昏《たそがれ》の月光にただよう
白い斑《まだら》の鳥は、止まり木を見極めようとして密かにあたりをうかがい
白い模様の蝶がもしこれを知ったら
心を痛め、驚き悲しむだろう
幸いなことに、目立たぬよう詩を吟ずる私の声が、梅の花に程よく調和して
拍子木も酒も、この場には不要だ

ここちよい

# 欹枕聴

枕《まくら》を欹《そばだ》てて聴《き》く

ここちよい

枕から頭をずらして、鐘の音《ね》に聴き入る。

白居易が四十六歳のとき、江州司馬《こうしゅうしば》に左遷されていたころの作品。廬山《ろざん》の一峰・北香炉峰《きたこうろほう》の下に、四つの部屋のある草堂を建てた。
ここでの静かな暮らしぶりを描いた詩である。
特に三・四句の対句は名高く、
『枕草子』『和漢朗詠集』『源氏物語』（総角の巻）などに
影響を及ぼしていることでも知られる。

［詩人］
白居易《はくきょい》（唐）
七七二～八四六
中国四大詩人の一人。詳細は130頁参照。

［詩題］
香炉峰下新卜
山居草堂初成
偶題東壁

（香炉峰《こうろほう》下《か》新《あら》たに山居《さんきょ》を卜《ぼく》し草堂《そうどう》初《はじ》めて成《な》り偶《たま》たま東壁《とうへき》に題《だい》す）

[原詩]

日高睡足猶慵起
小閣重衾不怕寒。
遺愛寺鐘欹枕聴
香炉峰雪撥簾看。
（後略）

[詩形]

七言律詩

[押韻]

上平声十四寒の韻

[読み]

日高《ひたか》く睡《ねむ》り足《た》りて
猶《な》お起《お》くるに慵《ものう》し
小閣《しょうかく》に衾《しとね》を重《かさ》ねて
寒《さむ》さを怕《おそ》れず
遺愛寺《いあいじ》の鐘《かね》は
枕《まくら》を欹《そばだ》てて聴《き》き
香炉峰《こうろほう》の雪《ゆき》は
簾《すだれ》を撥《かか》げて看《み》る

[訳]

日は高く上り、睡眠は充分である
だが、起きるのが面倒だ
小さな高殿で重ねた布団に入っていると
寒さは感じない
遺愛寺の鐘が聞こえてくると
枕から頭をずらして聴き入る
香炉峰の雪は
簾を撥《は》ねあげて眺《なが》める

▼**小閣**　小さな高殿。白居易は香炉峰の下に草堂を建てた。現在も土台石が残存しており、東西五・二メートル、南北五・二メートルの大きさの部屋が四つある。

▼**遺愛寺**　草堂の下方、香炉峰の北にあった寺。

▼**欹**　頭をずらして。

▼**聴**　意識的に聴く。聞はなんとなく聞くこと。

▼**香炉峰**　廬山の一峰。香炉峰は二つあり、ここでの香炉峰は、北の香炉峰。

ここちよい

# 満・店・香○

満店香《まんてんかんば》し

店いっぱいに、いい香りを漂わせている。

李白、四十三歳の作品。
金陵《きんりょう》（現在の南京《なんきん》）の酒場で、若者たちとの惜別の情を詠じたもの。
晩春の風物詩である柳の花の舞い飛ぶ古都。
呉《ご》の美人が呼び込む店で、若者たちと別れの杯《さかずき》を汲み交わす。
別れがたい心情を長江の流れと比べて、どちらが長いかと結ぶ。
目に見えない心情と、計測可能な長江との対比がおもしろい。

［詩人］
李白《りはく》（唐）
七〇一～七六二
詩仙。中国四大詩人の一人。盛唐の三大詩人の一人。
詳細は94頁参照。
［詩題］
金陵酒肆留別
（金陵《きんりょう》の酒肆《しゅし》にて留別《りゅうべつ》す）

# ここちよい

［原詩］

白門柳花満店香○
呉姫圧酒喚客嘗○
金陵子弟来相送
欲行不行各尽觴○
請君問取東流水
別意与之誰短長○

［詩形］

七言古詩

［押韻］

下平声七陽の韻

［読み］

白門《はくもん》の柳花《りゅうか》
満店《まんてん》香《かんば》し
呉姫《ごき》酒《さけ》を圧《あっ》し
客《かく》を喚《よ》びて嘗《な》めしむ
金陵《きんりょう》の子弟《してい》
来《き》りて相送《あいおく》り
行《い》かんと欲《ほっ》して行《い》かず
各《おの》おの觴《さかずき》を尽《つ》くす
請《こ》う君《きみ》問取《もんしゅ》せよ
東流《とうりゅう》の水《みず》に
別意《べつい》と之《これ》と
誰《たれ》か短長《たんちょう》と

［訳］

西門の柳絮《りゅうじょ》は、店いっぱいに
いい香りを漂わせている
呉の美女は、醸《かも》したての酒を
搾《しぼ》っては客に味見させる
金陵の若者が集まって来て
私を見送ってくれる
旅立とうとしても旅立ちかねる私
別れを惜しんで、杯《さかずき》を汲み交わす
君たちよ、どうか聞いてくれ
東に流れる水に
別れの心と長江の流れと
いったいどちらが長いかと

▼酒肆　居酒屋。
▼白門　西門。
▼柳花　柳絮《りゅうじょ》。白い綿毛に包まれた柳の種子。
▼圧酒　醸したての酒を搾り、清酒にすること。
▼嘗　味見をする。
▼尽觴　飲みほす。
▼問取　尋ねる。

# 李《り》白《はく》（七〇一〜七六二）

中国四大詩人の一人。盛唐の三大詩人の一人。字《あざな》は太白《たいはく》。砕葉《スヤブ》（キルギス・トクマック市）の生まれ。

五歳の時に、父の李客とともに、青蓮郷《せいれんきょう》（四川《しせん》省江油市）に移り住む。その頃には六甲《ろっこう》（干支）を諳《そら》んじ、十歳で諸子百家（老荘など）を読みあさり、十五歳の頃から作詩も始めた。二十五歳の時、蜀《しょく》（四川省）を離れ、江陵《こうりょう》（湖北《こほく》省）や金陵《きんりょう》（江蘇《こうそ》省南京）に遊び、安陸《あんりく》（湖北省）で結婚。のちに魯《ろ》（山東《さんとう》省）に行き、徂徠山《そらいざん》で隠者生活を送った。四十二歳の時、隠者の呉筠《ごきん》の推薦を得て、朝廷に召され、翰林供奉《かんりんぐぶ》となる。賀知章《がちしょう》は李白を「天上の謫仙人《たくせんにん》」と賞賛したが、高力士《こうりきし》らの讒言《ざんげん》にあって朝廷を追放され、洛陽《らくよう》に向かい、そこで杜甫《とほ》と会う。五十六歳の時、安禄山《あんろくざん》の反乱で永王《えいおう》の幕僚に招かれたが、粛宗《しゅくそう》との仲違いで永王軍は賊軍になる。李白も捕らえられて夜郎《やろう》（貴州《きしゅう》省）に流罪になるが、途中大赦にあって釈放される。

杜甫と並び称される李白は長編の古詩を得意とし、絶句に秀でていた。

# 第4章

# すがすがしい

## さわやかな朝に想う

晴日暖風《せいじつだんぷう》

# 晴○日●暖●風◉

晴れ渡った初夏の日、暖かい風が吹く。

［詩人］
王安石《おうあんせき》（北宋）
一〇二一〜一〇八六　唐宋八大家《とうそうはちたいか》の一人。政治家。詩人としても有名

［詩題］
初夏即事《しょかそくじ》

王安石が、南京《なんきん》郊外で隠居生活を送っているときに詠んだ詩。前半の二句は家の周りのスケッチであろう。曲がった岸に石橋がかかり、小川がサラサラと勢いよく流れている。後半は初夏の風景描写が見事。殊に、転句は佳句とされる。風が邸内に運んでくる香りで、麦秋を感じ取る感覚は繊細。閑適《かんてき》の生活を楽しんでいるのである。

# すがすがしい

［原詩］

石梁茅屋有弯碕○
流水濺濺度両陂○
晴日暖風生麦気
緑陰幽草勝花時○

［詩形］

七言絶句

［押韻］

上平声四支の韻

［読み］

石梁《せきりょう》 茅屋《ぼうおく》
弯碕《わんき》有《あ》り
流《りゅう》 水濺濺《すいせんせん》として
両《りょう》 陂《ひ》を度《わた》る
晴日暖風《せいじつだんぷう》
麦気《ばくき》を生《しょう》ず
緑《りょく》 陰幽草《いんゆうそう》
花時《かじ》に勝《まさ》れり

▼茅屋　茅葺きの家。
▼湾碕　湾曲した岸辺。
▼濺濺　水の流れを形容する語句。
▼陂　つつみ。

［訳］

茅《かや》葺きの家には
石造りの橋も曲がった岸辺もある
小川の流れはサラサラと
両側の土手を過ぎてゆく
晴れ渡った初夏のとある日
暖かい風が吹くと
成育した麦の香りが生ずる
緑の木陰も下ばえの草も
春の花時《はなどき》よりも
優れているように思われる

# 含清暉

清暉《せいき》を含《ふく》む

清らかな陽光を帯びている。

十六句からなる詩の、最初の四句のみを示した。大自然のなかでの、ゆったりとした充足感と、静かな安らぎの心境がうかがえる。鋭い視点で、微妙な自然美の変化を見出したことは、この詩の日光の観察を見てもわかるだろう。これに続く、七、八句目の「林《りん》壑《がく》（林と谷）瞑色《めいしょく》（暮色）を斂《おさ》め　雲霞《うんか》（雲や霞）夕霏《せきひ》を（夕焼け）を収《おさ》む」も名句といえよう。

[詩人]
謝霊運《しゃれいうん》（南朝宋）
三八五〜四三三
六朝《りくちょう》期を代表する詩人。山水詩の大成者。

[詩題]
石壁精舎還湖中作
（石壁精舎《せきへきしょうじゃ》より湖《こ》中《ちゅう》に還《かえ》りて作《つく》る）

[原詩]

昏旦変気候
山水含清暉○
清暉能娯人
遊子憺忘帰○
（後略）

[詩形]

五言古詩

[押韻]

上平声五微の韻

[読み]

昏旦《こんたん》に　気候《きこう》変《へん》じ
山水《さんすい》　清暉《せいき》を含《ふく》む
清暉《せいき》　能《よ》く人を娯《たの》しましめ
遊子《ゆうし》　憺《やす》らかにして帰《かえ》るを忘《わす》る

[訳]

このあたりは
朝夕に様子が違って見えるところだ
まわりを囲む山も水も
清らかな陽光を浴びて美しい
この清々しい日の光は
私の心を楽しませてくれる
ここを訪ねた私は夢心地で
帰るのを忘れそうになる

▼石壁精舎　作者の故郷である始寧《しねい》（現在の浙江省）の荘園にある山寺。一説に書斎ともいう。石壁は岩壁。このあたりには、名族謝氏《めいぞくしゃし》の広大な荘園が営まれていた。
▼湖中　巫湖《ふこ》を指す。始寧《しねい》にある湖で、形勝として知られた。

▼昏旦　夕暮れと朝。
▼気候　情景のさま。現代日本語とは少し違う。
▼能　「よく」という副詞ではなく、第一義は「～できる」という可能の助動詞。
▼遊子　旅人のこと。ここでは作者自身。
▼憺　心が落ち着いてやすらかなさま。

すがすがしい

# すがすがしい

# 争日月

日月《にちげつ》と争《あらそ》う

月日と時の流れを競う。

張説は、宰相にまで登りつめた宮廷詩人である。この詩は、蜀《しょく》に旅した作者が、約束の期日までに洛陽《らくよう》に戻ることができなかったことを詠っている。旅人の気持ちを月日と競争させているが、旅人は必死、月日は知らないふりして通り過ぎてゆく対比がおもしろい。機知に富んでいて、人生にゆとりを感じさせる。

［詩人］
張説《ちょうえつ》（唐）
六六七～七三〇
叙情詩と文に優れる。

［詩題］
蜀道後期
（蜀道《しょくどう》にて期《き》に後《おく》る）

［原詩］
客心争日月
来往預期程○
秋風不相待
先至洛陽城○

［詩形］
五言絶句

［押韻］
下平声八庚の韻

［読み］
客心《かくしん》 日月《にちげつ》と争《あらそ》う
来往《らいおう》 預《あらかじ》め程《てい》を期《き》す
秋風《しゅうふう》 相待《あいま》たず
先《ま》ず洛陽城《らくようじょう》に至《いた》る

▼蜀道　長安から蜀に通ずる道。
▼客心　旅人の心。
▼期程　日程を立てる。
▼城　まち。

［訳］
旅人の心は
月日の流れと先を競うかのように
せきたてられている
それは、往復の日程を決めていたから
ところが秋風は旅人を待ってはくれず
一足先に洛陽に着いてしまったのだ

すがすがしい

すがすがしい

# 更上一層楼

更《さら》に上《のぼ》る一層《いっそう》の楼《ろう》

もう一階上に上《のぼ》った。

［詩人］
王之渙《おうしかん》（唐）
六八八〜七四二
辺塞詩《へんさいし》に優れる。作品に楽師が先を争って曲を付けたといわれる。

［詩題］
登鸛鵲楼
（鸛鵲楼《かんじゃくろう》に登《のぼ》る）

鸛鵲楼《かんじゃくろう》からの雄大な眺望をもっと高いところから見たくて、二階から三階に上ったという内容。

雄大な景色を眺めているうちに、心も大きくなったのだろう。力強さと同時に、地の果ての風景を印象的に表現している。

「さらに上にのぼる」という意味から、中国では、成績向上者にはこの句を言って通信簿を手渡すそうだ。

すがすがしい

［原詩］
白日依山尽
黄河入海流○
欲窮千里目
更上一層楼○

［詩形］
五言絶句
［押韻］
下平声十一尤の韻

［読み］
白日《はくじつ》山《やま》に依《よ》って尽《つ》き
黄河《こうが》海《うみ》に入《い》って流《なが》る
千里《せんり》の目《め》を窮《きわ》めんと欲《ほっ》し
更《さら》に上《のぼ》る一層《いっそう》の楼《ろう》

［訳］
真昼の太陽が
南の山脈に沿って沈んでいく
黄河は海に流れ込むような
勢いで流れている
この雄大な眺めを
さらに千里の向こうまで窮めようと
もう一階上《うえ》まで上《のぼ》ったのである

▼鸛鵲楼　山西《さんせい》省の永済《えいさい》県にある楼閣。
▼白日　真昼の太陽。
▼依　沿って。
▼層　階。

すがすがしい

# 生紫烟

紫烟《しえん》を生《しょう》ず

（朝日が峰を照らし）紫色に烟《けぶ》っている。

大きな川を立てかけたような滝。その水しぶきが舞い上がり、そこに朝日が当たって紫色に烟《けぶ》っているのが遠望される。この滝は、香炉峰《こうろほう》（南香炉峰）を東向きに流れ落ちている。後半ではさらにスケール大きく、天の最も高い所からまっすぐに三千尺（千メートル）も流れ落ちているように見えると詠う。滝の真下から眺めた実感である。

［詩人］
李白《りはく》（唐）
七〇一～七六二
詩仙。中国四大詩人の一人。盛唐の三大詩人の一人。
詳細は94頁参照。

［詩題］
望廬山瀑布
（廬山《ろざん》の瀑布《ばくふ》を望《のぞ》む）

# すがすがしい

［原詩］
日照香炉生紫烟○
遥看瀑布挂長川○
飛流直下三千尺
疑是銀河落九天○
［詩形］
七言絶句
［押韻］
下平声一先の韻

［読み］
日《ひ》は香炉《こうろ》を照《て》らして
紫烟《しえん》を生《しょう》ず
遥《はる》かに看《み》る
瀑布《ばくふ》の 長川《ちょうせん》に挂《か》くるを
飛流《ひりゅう》 直下《ちょくか》
三千尺《さんぜんじゃく》
疑《うたが》うらくは是《こ》れ
銀河《ぎんが》の 九天《きゅうてん》より落《お》つるかと

▼廬山　江西省《こうせい》にある山。
▼瀑布　大きな滝。
▼疑是　～かと見まごう。
▼銀河　天の川。
▼九天　天の最も高いところ。

［訳］
朝日が香炉峰を照らして
紫色に煙っている
遥か彼方に、大きな滝が
長い川を立て掛けたように見える
その勢いは真っ直ぐに
三千尺も流れる落ちるように見える
それはまるで、天の川が天から
流れ落ちるのではないかと思われる

すがすがしい

馬《うま》を走《はし》らせ花《はな》を看《み》る

# 走・馬・看・花○

馬の蹄《ひづめ》も軽やかに花を眺めてまわる。

［詩人］
孟郊《もうこう》（唐）
七五一～八一四
たび重なる落第の末、科挙に及第。韓愈《かんゆ》の友。

［詩題］
登科後
（登科《とうか》の後《のち》）

四字成語。現代中国語では、急いで上っ面だけを眺めて本質をとらえていないという、マイナスのニュアンスで使われる。「齷齪《あくせく》」「放蕩《ほうとう》」を対置させ、その漢字音によって心情の変化を巧みに表現し、春風の中、馬が疾駆するスピード感が、満ち溢れる喜びを象徴的に描く。何度も落第を経験した末の吉報は、五十代の作者にとって人一倍の価値があったに違いない。

［原詩］
昔日齷齪不足嗟○
今朝放蕩思無涯○
春風得意馬蹄疾
一日看尽長安花○

［詩形］
七言絶句
［押韻］
下平声六麻の韻

［読み］
昔日《せきじつ》の齷齪《あくせく》　嗟《なげ》くに足《た》らず
今朝《こんちょう》の放蕩《ほうとう》　思《おも》い涯《はて》無《な》し
春風《しゅんぷう》　意《い》を得《え》て　馬蹄《ばてい》疾《はや》く
一日《いちじつ》にして看《み》尽《つ》くす　長安《ちょうあん》の花《はな》

［訳］
これまでは齷齪《あくせく》と苦学をしてきたが
もう嘆くことはない
今朝は心晴れ晴れとして
思いは限りなく広がってゆく
暖かい春風を背にして
馬の蹄《ひづめ》も軽やかに
たった一日で
都長安の花々すべてを眺めてまわった

▼登科　科挙の進士科（官吏登用試験）に合格すること。登題ともいう。当時、科挙の合格発表は春に行われた。進士合格者は、曲江《きょくこう》のほとりの杏園《きょうえん》で皇帝から宴を賜るのが常であった。
▼放蕩　ゆったりしたのびやかな心情。遊蕩、道楽は日本語限定の意味。

すがすがしい

## すがすがしい

# 雨・乍・晴。

雨《あめ》乍《たちま》ち晴《は》る

にわか雨が上がり、たちまち晴れ上がる。

雨上がりの清々《すがすが》しい雰囲気が伝わってくる。
春から夏へと移ろいゆく風情《ふぜい》を詠じた詩の一節。
柳の綿はまだ枝から離れないのに、
タチアオイは早くも花をつけている、と詠う。
洛陽《らくよう》の旧暦四月の陽気は、温和でしかも爽《さわ》やかである。

[詩人]
司馬光《しばこう》（北宋）
一〇一九～一〇八六　歴史家として有名。『資治通鑑《しじつかん》』を著す。

[詩題]
客中初夏
（客中《かくちゅう》の初夏《しょか》）

［原詩］

四月清和雨乍晴○
南山当戸転分明○
更無柳絮因風起
惟有葵花向日傾○

［詩形］

七言絶句

［押韻］

下平声八庚の韻

［読み］

四月清和《しがつせいわ》
雨乍《あめたちま》ち晴《は》る
南山《なんざん》戸《こ》に当《あ》たって
転《うた》た分明《ぶんめい》
更《さら》に柳絮《りゅうじょ》の風《かぜ》に
因《よ》って起《お》こる無《な》く
惟《た》だ葵花《きか》の日《ひ》に向《む》かって
傾《かたむ》く有《あ》り

▼清和　爽やか。
▼南山　香山（洛陽）を指す。
▼当戸　隠居した家の戸口から。
▼柳絮　白い綿毛に包まれた柳の種子。
▼葵花　タチアオイ（ヒマワリではない）。

［訳］

四月の陽気は清々しくて
穏やかである。にわか雨が上がり
たちまち晴れ上がると
南の山も戸口から間近に見え
よりはっきりとしている
柳の白い綿も
風に吹き飛ばされることもなく
ただタチアオイが初夏の日差しに
向かって花を傾けているだけ

# すがすがしい

すがすがしい

一片《いっぺん》の冰心《ひょうしん》

# 一片冰心

澄みきったまごころ。

[詩人]
王昌齢《おうしょうれい》（唐）
六九八〜七六五？
辺塞詩《へんさいし》、閨怨詩《けいえんし》に優れる。

[詩題]
芙蓉楼送辛漸
二首　其一
（芙蓉楼《ふようろう》にて辛漸《しんぜん》を送《おく》る　二首《にしゅ》　其《そ》の一《いち》）

前半二句は「寒」と「孤」が対応し、自然描写が作者の心象風景と重なり、別れの辛さと己の孤独を表現している。後半二句は、送別詩の常套を破って、自分自身のことを詠む。表現も美しく、古今の絶唱たるゆえんである。

当時の作者は左遷の身であり、その不遇からやりきれなさが作品を感傷的にさせている。

現代中国で活躍した女流作家、謝冰心《シエビンシン》のペンネームの出典である。

［原詩］

寒雨連江夜入呉○
平明送客楚山孤○
洛陽親友如相問
**一片冰心**在玉壺○

［詩形］

七言絶句

［押韻］

上平声七虞の韻

［読み］

寒雨《かんう》 江《こう》に連《つら》なりて 夜《よる》 呉《ご》に入《い》る
平明《へいめい》 客《かく》を送《おく》れば 楚山《そざん》 孤《こ》なり
洛陽《らくよう》の親友《しんゆう》 如《も》し 相《あい》 問《と》わば
一片《いっぺん》の 冰心《ひょうしん》 玉壺《ぎょくこ》に在《あ》りと

［訳］

冬の冷たい雨が長江に注ぎ込み
夜、呉《ご》の地へ入った
夜明け方、旅立つ友を見送るとき
楚《そ》の山だけが残されたかのように、さびしげに見える
洛陽《らくよう》にいる君の親友から、あの王昌齢はどうしているか、と尋ねられたら
澄みきった氷が、白玉《はくぎょく》の壺のなかにあるような心境でいる、と伝えてほしい

▼**芙蓉楼**　現在の江蘇《こうそ》省鎮江《ちんこう》市にあった高殿の名。古来より長江の渡し場として有名。
▼**呉**　長江下流の地。現在の江蘇省一帯。「入呉」の主体は雨、作者自身の両説ある。
▼**楚山**　楚（長江中流域）地方の山。固有名詞ではない
▼**孤**　一つだけ残されたものが、抜き出て見えるさま。ここでは作者自身の孤独にたとえた擬人的手法。
▼**相**　私のことを問うならば、の意。
▼**一片**　「片」は、ある一定の面積を持った、田畑などの土地を指していう。「ひとかけら」ではない。
▼**冰心**　「氷の心」の意。澄みきった清らかな心を言い、冷たいという日本語のイメージとは異なる。

すがすがしい

# 杜《と》甫《ほ》（七一二〜七七〇）

中国四大詩人の一人。盛唐の三大詩人の一人。字《あざな》は子美《しび》。本籍は襄陽《じょうよう》（湖北《こほく》省）。洛陽《らくよう》の東、鞏県《きょうけん》（河南《かなん》省鞏義市）に生まれる。先祖には『春《しゅん》秋《じゅう》左氏伝《さしでん》』に注を施した杜預《どよ》や詩人として名高い杜審言《としんげん》（初唐）がいる。

二十歳から三十五歳にかけての杜甫は何度も科挙に応じたが、落第を繰り返し、江蘇《こうそ》・浙江《せっこう》・河北《かほく》のあたりを放浪する。この間、李白《りはく》や高適《こうせき》と会う。

四十四歳の時、兵器と門を取り締まる身分の低い官に任じられる。しかし、安禄山《あんろくざん》の乱に遭遇し、賊軍に捕らえられ、長安に軟禁された。九カ月後、長安を脱出、粛宗《しゅくそう》の行在所《あんざいしょ》に馳せ参じ、天子の落ち度を諫《いさ》める左拾遺《さしゅうい》を授けられる。張り切りすぎた杜甫は宰相房琯《ぼうかん》を弁護して、天子の不興を買い、華《か》州《しゅう》（陝西《せんせい》省）に左遷される。その華州で大飢饉に遭い、官を捨て、成都《せいと》（四川《しせん》省）に落ち着く。成都では平穏な日々が続いたが、江陵《こうりょう》（湖北省）・岳州《がくしゅう》（湖南《こなん》省）と流れ、耒州《らいしゅう》（湖南省）で五十九歳の生涯を閉じる。

古詩・律詩を得意とした。なかでも、対句を重んじる律詩には定評がある。

# 第5章

# いとおしい

恋人を慕う

# 相思

相思《そうし》

恋するあなたを思う。

［詩人］
王維《おうい》（唐）
六九九〜七五九
詩仏。盛唐の三大詩人の一人。詳細は68頁を参照。

［詩題］
相思《そうし》

「相」は元来、目的とする対象物をあらわすのが第一義で、いわば一方通行であるのに対し、現代日本語では「互いに」の意味として、恋仲の男女が慕い合うこと、相思相愛と解されている。
なお、この詩は王維の詩集ではなく、別の書物に著録されていた。
李商隠《りしょういん》の「無題」詩にも、「一寸《いっすん》の相思《そうし》　一寸《いっすん》の灰《はい》」とあり、同じ唐代の女流詩人李冶《りや》の「相思怨《そうしえん》」という作品には、「相思《そうし》　渺《びょう》として畔《かぎり》なし」とある。

［原詩］
紅豆生南国
秋来発幾枝○
勧君多採擷
此物最相思○

［詩形］
五言絶句
［押韻］
上平声四支の韻

［読み］
紅豆《こうとう》 南国《なんごく》に 生《しょう》ず
秋来《あきき》たりて 幾枝《いくし》か発《ひら》く
君《きみ》に勧《すす》む 多《おお》く採擷《さいけつ》せよ
此《こ》の物《もの》 最《もっと》も相思《あいおも》う

［訳］
紅豆は南国に産するもの
秋ともなれば
幾本の枝に実をつけますやら
どうか、多く摘み取ってくださいね
恋する人を思う
いちばんのしるしですから

▼紅豆　四川《しせん》や嶺南《れいなん》に多く産する豆科の樹木。紅豆は「相思子」とも呼び、恋する思いを伝えるために、相手に贈るものであった。

▼幾枝　「故枝」（もとの枝）となっているテキストもある。

▼多採擷　「多」が「休」（禁止、～してはいけない）となっているテキストがある。その場合、この句は正反対の解釈となる。「擷」は摘むの意。

いとおしい

いとおしい

# 抱柱信

抱《ほう》柱《ちゅう》の信《しん》

男女の約束。

[詩人]
李白《りはく》（唐）
七〇一～七六二
詩仙。中国四大詩人の一人。盛唐の三大詩人の一人。
詳細は94頁を参照。
[詩題]
長干行《ちょうかんこう》

もとは『荘子』盗跖篇《とうせきへん》にある物語。尾生《びせい》という青年が橋の下でガールフレンドと会う約束をしたが、一途に約束を守って待っているうちに雨が激しくなって水かさが増し、橋の下の柱に抱きついたが、ついに溺れ死んだという。「尾生の信」ともいう。

作品は三十句ならなる長詩で、全体が夫に対する妻の独白となっている。幼馴染が互いに好意を抱くようになり、新婚の恥じらいと幸福感、そして遥か遠くへ旅立った夫への思慕を詠って終わる。

［原詩］
十五始展眉
願同塵与灰○
常存抱柱信
豈上望夫台○

［詩形］
五言古詩

［押韻］
上平声十灰の韻

［読み］
十五《じゅうご》 始《はじ》めて眉《まゆ》を展《の》べ
願《ねが》わくは 塵《ちり》と灰《はい》とを同《とも》にせん
常《つね》に抱柱《ほうちゅう》の信《しん》を存《そん》す
豈《あ》に望夫台《ぼうふだい》に上《のぼ》らんや

［訳］
十五の年にやっと
眉や眼差《まなざ》しがにっこり明るくなり
お互い死んで塵《ちり》と灰になっても、ずっと
一緒にいたいと願うようになりました
あなたとは
いつも固い信頼で結ばれていたので
望夫台《ぼうふだい》に登って待ちわびることになろうと
は、思ってもみませんでした

▼**長干行**　長干《ちょうかん》は、現在の南京市を流れる秦淮河《しんわいが》一帯の地名で、繁華な土地柄で知られる。「行」は詩体の一種。作者が前代の歌謡のスタイルを踏襲して詠んだ作品。
▼**展眉**　ひそめた眉をのばすこと。心配事がなくなり、表情が晴れるさま。「愁眉を開く」ともいう。
▼**与**　「と」という接続詞。「A与B」で「AとBと」と訓《よ》む。
▼**豈**　反語。ここでは強い否定の意となる。
▼**望夫台**　旅に出た夫を待ちわびた妻が、夫のいる方角を眺めるために毎日に登ったという高台。結局妻は石になったと伝えられる。望夫山ともいう。

# 又・開○封○

又《また》封《ふう》を開《ひら》く

気掛かりで、手紙を送る前にもう一度封を開いて確かめる。

作者が洛陽《らくよう》に勤めていたとき、秋風に望郷を感じて、手紙を書こうとした折に作った詩である。
募《つの》る思いに胸中を語り尽くせないまま、旅人に手紙を託そうと思った矢先、気がかりになって、また封を開いて見たというのである。
心残りが一層感じられ、家族を思う気持ちが強く伝わってくる。

［詩人］
張籍《ちょうせき》（唐）
七六八～八三〇？
王建《おうけん》・賈島《かとう》・孟郊《もうこう》などと唱和し、楽《が》府《ふ》に長じる。詩風は元和体《げんなたい》。

［詩題］
秋思《しゅうし》

いとおしい

［原詩］

洛陽城裏見秋風○
欲作家書意万重○
復恐怱怱説不尽
行人臨発又開封○

［詩形］

七言絶句

［押韻］

通押韻

［読み］

洛陽《らくよう》 城裏《じょうり》
秋風《しゅうふう》を見《み》る
家書《かしょ》を作《つく》らんと欲《ほっ》して
意《おも》い万重《ばんちょう》
復《ま》た恐《おそ》る怱怱《そうそう》
説《と》いて尽《つ》きざるを
行人《こうじん》発《はっ》するに臨《のぞ》んで
又《また》封《ふう》を開《ひら》く

［訳］

洛陽に滞在しているうちに
もう秋風が見えるようになった
家族への手紙を書こうと思ったが
募《つの》る思いで書きたいことばかり
慌《あわ》ただしく書いたので
言い落としがないかと気にかかる
言付《ことづ》ける旅人が出立するとき
もう一度、封を開いてしまった

▼城裏　町の中。
▼家書　家族への手紙。
▼意万重　募る思いにあれこれ書きたくなること。
▼怱怱　慌ただしいこと。
▼説不尽　言い残し。
▼行人　手紙を託す人。

いとおしい

# 日・夜・長◉

日夜《にちや》長《ちょう》じ

日ごとに成長する。

このフレーズは燕《つばめ》の雛《ひな》が成長する様子だが、実はこの詩は、燕にたとえて人間の親子関係を描いたもの。五言古詩で三十句からなり、掲載したのは初めの八句。このあと、子どもに捨てられて悲しむ劉老人が出てきて、自分もかつて親を捨てたことを反省する。作者は、子が親の愛情を裏切る社会風潮を諭《さと》している。

［詩人］
白居易《はくきょい》（唐）七七二～八四六
中国四大詩人の一人。詳細は130頁参照。

［詩題］
燕詩示劉叟
（燕《つばくろ》の詩 劉《りゅう》叟《そう》に示《しめ》す）

［原詩］
梁上有双燕
翩翩雄与雌○
銜泥両椽間
一巣生四児○
四児日夜長
索食声孜孜○
青虫不易捕
黄口無飽期○
（後略）

［詩形］
五言古詩
［押韻］
通押韻

［読み］
梁上《りょうじょう》に双燕《そうえん》有《あ》り
翩翩《へんぺん》たり雄《おす》と雌《めす》と
泥《どろ》を銜《ふく》む両椽《りょうてん》の間《かん》
一巣《いっそう》四児《しじ》を生《う》む
四児《しじ》日夜《にちや》長《ちょう》じ
食《しょく》を索《もと》めて声《こえ》孜孜《しし》たり
青虫《せいちゅう》捕《と》らえ易《やす》からず
黄口《こうこう》飽《あ》くる期《とき》無し

▼梁　はり。
▼翩翩　身軽に飛び回るさま。
▼椽　垂木《たるき》。
▼孜孜　雛の鳴き声。擬声語。
▼黄口　雛のクチバシ。

［訳］
梁《はり》の上に二羽の燕《つばめ》が住み着き
身軽に飛び回る雄と雌が
泥をくわえてきて
二本の垂木《たるき》に巣つくり
巣の中に四羽の雛《ひな》を生んだ
四羽の雛は日ごとに成長し
餌を求めて、ピーピーと鳴く
餌の青虫は簡単につかまらないし
雛の腹は満ちることがない

## いとおしい

いとおしい

# 同心草

同心《どうしん》の草《くさ》

恋心を伝えるメッセージ。

後半二句の同音のリズムが心地よい。恋に悩む、いかにも初々しい乙女のさまが目に浮かぶが、すでに恋を知った大人の女が、遠い過去を振り返って詠んだ作とも思われる。

妓女だった作者が宴席で歌い、興を添えた詩だったかも知れない。

四首連作の一首だが、いずれの詩も恋のせつなさをテーマとする点で共通する。

春の風物は細やかな女心をとかく憂いに沈ませる季節らしい。

[詩人]
薛濤《せっとう》（唐）
七六八〜八三一？
七言絶句を得意とする女流詩人。芸者（女校書）。

[詩題]
春望《しゅんぼう》詩《し》四首《よんしゅ》
其二《そのに》

［原詩］
風花日将老●
佳期猶渺渺●
不結同心人
空結同心草●

［詩形］
五言絶句
［押韻］
通押韻

［読み］
風花《ふうか》 日《ひ》に将《まさ》に老《お》いんとす
佳期《かき》 猶《なお》 渺《びょう》 渺《びょう》
結《むす》ばず 同心《どうしん》の人《ひと》
空《むな》しく結《むす》ぶ 同心《どうしん》の草《くさ》

▼佳期　具体的には、結婚の日取りの意。
▼渺渺　水が広々として果てしないさま。ひいては、はるか遠くかすかで、あてにならないさま。
▼同心草　想い人に愛を伝え、恋愛を実らせるため、環状に草を結ぶ風習。もともと錦のひもを連鎖状に結び続けて編むもので、六朝期から流行していた。

［訳］
春景色は日々に色あせて移ろいゆくのに
かねてから待ちかねている良き日は
まだずっと先になりそう
ともに恋心を抱くわたしたちは
結ばれないまま
今日も草で輪を編んで
寂しさをまぎらわすだけ

いとおしい

いとおしい

敢《あ》えて君《きみ》と絶《た》えなん

# 敢●与◎君○絶●

あなたと別れるのは、この世が終わるとき。

［詩人］無名氏
［詩題］上邪《じょうや》

「上邪《じょうや》」という呼びかけの言葉から、かつては、君主への忠誠を誓った作品として解されることが常であったが、つまらない詩の読みかたであろう。各句の数がまちまちである雑言の形式から見ても、男女間の素朴な愛の歌と受け取るのがふさわしい。
詩中の天変地異は、常識的に実際ありえないものである。「二世まで諸共に」などという言い方もあるが、ともあれ、この強い愛情の吐露は並大抵ではない。

# いとおしい

[原詩]

上邪我欲与君相知○
長命無絶衰○
山無陵江水為竭●
冬雷震震夏雨雪●
天地合乃敢与君絶●

[詩形]
雑言古詩

[押韻]
換韻

[読み]

上邪《じょうや》
我《われ》君《きみ》と相知《あいし》り
長命《ちょうめい》にして
絶《た》え衰《おとろ》うこと無《な》からんと欲《ほっ》す
山《やま》に陵《りょう》無《な》く
江水為《こうすいため》に竭《つ》き
冬雷震震《とうらいしんしん》として
夏《なつ》に雪雨《ゆきふ》り
天地合《てんちがっ》せば
乃《すなわ》ち敢《あ》えて君《きみ》と絶《た》えなん

[訳]

愛しいあなた、私があなたを知ってからは
長生きして、いつまでも永遠の愛を誓いた
いと思うようになりました
高い山が消えてなくなり
大河の水もそのために枯れ果てて
冬に雷が轟《とどろ》いて、夏に雪が降って
この世の終わりを迎えたら
その時こそ、あなたとお別れします

▼**上邪**　「上」は身分の高い、目上の人を指す。ここでは大切で愛しい想い人をたとえている。邪は助辞。

▼**絶衰**　愛情がなくなることをいう。末尾の「絶」字と呼応。

▼**陵**　丘。稜線の「稜」字と同義である。

▼**震震**　ゴロゴロという雷の音。

▼**夏雨雪**　雨はこの場合、降るという動詞。冬雷とともに季節外れの天変地異をいう。

▼**天地合**　この世の終焉。

▼**敢**　自ら決意して、進んで物事をなすこと。

# 愛•邱○山○

邱山《きゅうざん》を愛《あい》す

丘や山が好きだ。

陶淵明は四十一歳で役人を辞めて故郷に帰り、以後、隠者生活を送った。五首の連作からなるこの詩は、帰郷した翌年に詠じたもの。田園での暮らしぶりなどが詠まれている。俗世間を離れ、野山に没入することで英気を養う日々。老いを送るには、自然の中が最適だ。

［詩人］
陶淵明《とうえんめい》（東晋）三六五～四二七
隠逸詩人。田園詩人。詳細は40頁参照。

［詩題］
帰園田居
（園田《えんでん》の居《きょ》に帰《かえ》る）

［原詩］
少無適俗韻
性本愛邱山○
誤落塵網中
一去十三年○
羈鳥恋旧林
池魚思故淵○
（後略）

［詩形］
五言古詩
［押韻］
通押韻

［読み］
少《しょう》にして俗《ぞく》に適《てき》する韻《いん》無く
性本《せいもと》邱山《きゅうざん》を愛《あい》す
誤《あやま》って塵網《じんもう》の中《うち》に落《お》ち
一去十三年《いっきょじゅうさんねん》
羈鳥《きちょう》は旧林《きゅうりん》を恋《こ》い
池魚《ちぎょ》は故淵《こえん》を思《おも》う

［訳］
若い頃より俗世間に馴染めず、
生まれつき、丘や山が好きだった。
誤って役人生活を送り、
十三年が過ぎてしまった。
籠《かご》の鳥は古巣を恋しく思い、
池の魚ももとの淵を懐かしむ。

▼塵網　役人生活。
▼羈鳥　籠の中の鳥。

いとおしい

いとおしい

# 踏・落・花○

落《らっ》花《か》を踏《ふ》む

散り落ちた花びらを踏みしめる。

春の移ろいをいとおしむ心を詠じた詩。行楽客は、春が過ぎ去ろうとしていることに気がつかない。人々が落下に気づかず踏んでいくのは、遊びに夢中になっているからだろう。ただ作者だけが、ゆく春を惜しみ痛んでいるのである。ゆく春を惜しむのはしばしば詩のテーマとなる。

[詩人]
欧陽脩《おうようしゅう》（北宋）
一〇〇七～一〇七二　散文の基礎を定め、宋詩の方向づけを決めた。

[詩題]
豊楽亭遊春《ほうらくていゆうしゅん》

［原詩］

紅樹青山日欲斜○
長郊草色緑無涯○
遊人不管春将老
来往亭前**踏落花**○

［詩形］

七言絶句

［押韻］

通押韻

［読み］

紅樹青山《こうじゅせいざん》
日《ひ》斜《なな》めならんと欲《ほっ》す
長郊《ちょうこう》の草色《そうしょく》
緑《みどり》涯《はて》無し
遊人《ゆうじん》は管《かん》せず
春《はる》の将《まさ》に老《お》いんとするを
亭前《ていぜん》に来往《らいおう》して
落花《らっか》を踏《ふ》む

▼豊楽亭　滁州《ちょしゅう》にあるあずまや。
▼紅樹　赤い花をつけた木。
▼長郊　広々と広がる田野。
▼無涯　果てしなく続く。
▼不管　気にかけない。

［訳］

赤い花をつけた樹木
青に染まる山に
日が傾こうとしている
広々と広がる田野も若草に覆われて
果てしなく広がっている
行楽を楽しむ人々は
春も過ぎ去ろうとしているのに
気にもとめないで
豊楽亭の前を行ったり来たりして
散り落ちた花びらを
踏みしめていた

# いとおしい

# 白《はく》居《きょ》易《い》（七七二〜八四六）

中国四大詩人の一人。字《あざな》は楽天《らくてん》。号《ごう》は香山居士《こうざんこじ》。下卦《かけい》（陝西《せんせい》省）の人。十五歳の頃より科挙の勉強に励み、二十九歳で進士に及第。三十五歳の時、さらに上級の試験に合格して、高級官僚の道を歩み出す。四十歳の時、母の喪に服して官吏《かんり》を辞す。四十三歳の時、喪があけ、再び官吏の生活に戻るが、越権行為をとがめられ、江州《こうしゅう》（江西《こうせい》省九江《きゅうこう》市）に司馬《しば》（副知事）として左遷される。以後、諷諭詩《ふうゆし》を避け、閑適詩《かんてきし》や感傷詩《かんしょうし》を作詩するようになる。

五十一歳以降、杭州《こうしゅう》（浙江《せっこう》省）や蘇州《そしゅう》（江蘇《こうそ》省）の刺史《しし》（知事）となる。

五十六歳からの二年間は朝廷に仕え、それ以降は洛陽《らくよう》に移り住む。

白居易の詩は平易で物語性に富み、わが国の平安朝文学にも大きな影響を及ぼした。この影響を受けたのが『源氏物語』をはじめ、『枕草子』『和漢朗詠集』などである。

　白居易の詩は親友の元稹《げんじん》とともに「元和体《げんなたい》」と呼ばれる。後世、「元軽白《げんけいはく》俗《ぞく》」と称されるが、韓愈《かんゆ》と並び、中唐期を代表する詩人である。

# 第6章

# あたたかい

心が通い合う

あたたかい

# 柏・森○森○

柏森森《はくしんしん》たり

柏《はく》の木がこんもり茂っている。

杜甫四十九歳、成都《せいと》（現在の四川《しせん》省成都市）での作品。成都は昔から「天府《てんぷ》の土《ど》」と呼ばれ、風光明媚で温暖湿潤な土地柄で、「三国志」の時代には、蜀《しょく》の都となった。別名錦官城《きんかんじょう》。現在でも蜀の宰相諸葛孔明《しょかつこうめい》を祀る「武侯祠《ぶこうし》」は観光の目玉だが、杜甫の時代にも祠《ほこら》はあった。

杜甫は諸葛孔明を敬愛し多くの詩を詠んだが、規則に忠実で拡張高い詩風に、その強い思いがうかがえる。

［詩人］

杜甫《とほ》（唐）

七一二～七七〇

詩聖。古詩・律詩を得意とする。中国四大詩人の一人。詳細は112頁を参照。

［詩題］

蜀相《しょくしょう》

[原詩]

丞相祠堂何処尋○
錦官城外柏森森○
映堦碧草自春色
隔葉黄鸝空好音○
三顧頻繁天下計
両朝開済老臣心○
出師未捷身先死
長使英雄涙満襟○

[詩形]
七言律詩

[押韻]
上平声十二侵の韻

[読み]

丞相《じょうしょう》の祠堂《しどう》
何《いず》れの処《ところ》にか尋《たず》ねん
錦官城外《きんかんじょうがい》　柏森森《はくしんしん》たり
堦《かい》に映《えい》ずる碧草《へきそう》　自《おのずか》ら春色《しゅんしょく》
葉《よう》を隔《へだ》つる黄鸝《こうり》　空《むな》しく好音《こういん》
三顧頻繁《さんこひんぱん》たり　天下《てんか》の計《けい》
両朝開済《りょうちょうかいさい》す　老臣《ろうしん》の心《こころ》
出師《すいし》未《いま》だ捷《か》たざるに
身《み》は先《ま》ず死《し》し
長《とこしえ》に英雄《えいゆう》をして
涙《なみだ》襟《えり》に満《み》たしむ

▼柏　常緑樹のコノテガシワ。中国では墓地に植えられる。
▼両朝　劉備《りゅうび》と息子の劉禅《りゅうぜん》の二代を指す。
▼開済　創業と守成。
▼出師　孔明が魏《ぎ》討伐の軍勢を発したこと。

[訳]

諸葛丞相をお祀《まつ》りした祠《ほこら》は
どこに尋ねたらよいだろうか
錦官城《きんかんじょう》外の
柏の木がこんもり茂ったところがそこだ
階《きざはし》に映えている青々とした草は
相変わらず春らしさをただよわせ
葉蔭《はかげ》で鳴く鶯《うぐいす》は、人気のないところで
美しい声でさえずるばかり
かつて劉備《りゅうび》は、三顧の礼により
孔明《こうめい》に天下平定の大事を諮り
孔明は二代にわたって国を保ち
老臣の誠意を捧げた
北伐の軍を発して
勝利を得ぬうちに亡くなって
後世の英雄たちの、涙でその衣の襟をしぼらせることになってしまったのだ

あたたかい

あたたかい

# 当勉励

当《まさ》に勉励《べんれい》すべし

楽しめるときに、精一杯楽しもう。

[詩人] 陶淵明《とうえんめい》(東晋)
三六五〜四二七
隠逸詩人。田園詩人。詳細は40頁参照。
[詩題] 雑詩《ざっし》

陶淵明のこの詩ほど、誤解された句はなかろう。

「若いときは二度来ない、一日に朝は二度来ないのだから、一生懸命に努め励みなさい」と日本では訳されてしまった。

本来の意味は「楽しめるときに、大いに楽しもう」。

これは中国の伝統的な考え方なのである。それを踏まえつつ、「近隣の人を集めて、大いに飲もう」と詠じた人間味溢《あふ》れる作品である。

[原詩]
(前略)
得歓当作楽
斗酒聚比隣。
盛年不重来
一日難再晨。
及時当勉励
歳月不待人。

[詩形]
五言古詩

[押韻]
上平声十一真の韻

[読み]
歓《よろこ》び得て 当《まさ》に
楽《たの》しみを作《な》すべし
斗酒《としゅ》
比隣《ひりん》を聚《あつ》む
盛年《せいねん》
重《かさ》ねて来《き》たらず
一日《いちじつ》再《ふたた》び
晨《あした》なり難《がた》し
時《とき》に及《およ》んで
当《まさ》に勉励《べんれい》すべし
歳月《さいげつ》は人《ひと》を待《ま》たず

▼比隣 近所の人々。
▼及時 よいときを逃さず。

[訳]
歓楽の時を得たならば
楽しむのは当たり前のことだ
一斗の酒で隣人をあつめて
大いに飲もう
若く盛んな時は二度は来ないし
一日に朝は二度来ないのだから
よいときを得たら、逃すことなく
大いに楽しむべきだ
歳月はどんどん流れて
人を待ってくれないのだから

あたたかい

あたたかい

# 須惜少年時

須《す》べからく惜《お》しめ
少年《しょうねん》の時《とき》

若い時を惜しみなさい。

［詩人］
杜秋娘《としゅうじょう》（唐）
生没年未詳。金陵《きんりょう》出身。十五歳で節度使の李錡《りき》の妾となり、のち皇帝穆《ほく》宗《そう》に仕えた。娘は女性の呼称。

［詩題］
金縷《きんる》衣
（金縷《きんる》の衣《い》）

この句のみを見ると、すでにその時が過去のものとなった「おとな」が、若者へのはなむけとした言葉のようだが、詩全体を通読すれば、女が「早く、私を手折《たお》って」と、なまめかしく誘い挑発する、求愛のうたであることがわかる。

同じ文字を多用しているのは、技術的に練られていないとも考えられるが、同音のリズムの繰り返しが心地よい。

杜牧《とぼく》に「杜秋娘詩《としゅうじょうし》」という長編の五言古詩がある。

［原詩］

勧君莫惜金縷衣○
勧君**須惜少年時**○
花開堪折直須折
莫待無花空折枝○

［詩形］

七言絶句

［押韻］

上平声四支の韻

［読み］

君《きみ》に勧《すす》む　惜《お》しむ莫《な》かれ
金縷《きんる》の衣《い》を
君《きみ》に勧《すす》む　須《す》べからく惜《お》しめ
少年《しょうねん》の時《とき》を
花開《はなひら》きて折《お》るに堪《た》えなば
直《ただ》ちに須《す》べからく折《お》るべし
花無《はなな》くして
空《むな》しく枝《えだ》を折《お》るを待《ま》つ莫《な》かれ

▼**金縷衣**　金の縷《る》（細糸）で織った、贅沢で美しい綾衣《あやごろも》。

▼**少年**　広く十代の若者を指す。現代日本語で一ケタ世代の男子を指す「少年少女」などという場合とは違う。

［訳］

美しい錦の衣
そんなものは大切ではないのよ
どうか、今の若さこそ大事にしてね
花が咲いて折ってもいいかなと思ったら
今すぐためらわずに手折ってください
もう花が散ってから無駄に手を出すなんて
いやだからしないで

# 愛吾廬

吾《わ》が廬《いおり》を愛《あい》す

（鬱蒼《うっそう》と草木が繁った）わが廬《いおり》を気に入っている。

「山海《せんがいきょう》経を読む」という詩の一節。この後に「時には愛読書の山海経を読んだりしている」と続く。『山海経』は古代中国の地理書だが、内容は荒唐無稽。奇怪奇抜な鳥獣草木、仙人の住む非現実世界などが描かれている。神仙思想の流行もあり、当時の知識人に愛読されたようである。それにしても、安息の場所はいつの世も「わが家」に限る。

［詩人］
陶淵明《とうえんめい》（東晋）
三六五～四二七
隠逸詩人。田園詩人。詳細は40頁参照。

［詩題］
読山海経
（山海経《せんがいきょう》を読《よ》む）

# あたたかい

〔原詩〕
孟夏草木長
繞屋樹扶疏○
衆鳥欣有託
吾亦愛吾廬○
（後略）

〔詩形〕
五言古詩

〔押韻〕
上平声六魚の韻

〔読み〕
孟夏《もうか》 草木《そうもく》長《なが》し
屋《おく》を繞《めぐ》りて 樹扶疏《きふそ》たり
衆鳥《しゅうちょう》 託《たく》する有《あ》るを欣《よろこ》び
吾《われ》も亦《また》 吾《わ》が廬《いおり》を愛《あい》す

〔訳〕
初夏の四月
草木は成長し
わが家の周りの木々も
枝葉がのびて鬱蒼《うっそう》と繁っている
多くの鳥は
身を寄せるねぐらができたことを喜び
私も私で
この庵が気に入って暮らしている

▼孟夏　初夏。

# 郷◉音○

郷音《きょうおん》

お国訛《なま》り。

［詩人］
賀知章《がちしょう》（唐）
六五九～七四四
都長安に出仕。のち悠々自適の晩年を送る。

［詩題］
回郷偶書二首
其一
（郷《きょう》に回《かえ》りて偶《たまたま》書《しょ》す二首《にしゅ》　其《そ》の一《いち》）

「ふるさとのなまりなつかし」という。八十歳を超えて故郷の江南の地に帰ってきた作者の感慨はいかばかりであったろう。全体としてユーモラスな雰囲気が漂うが、無邪気な子供の笑いによって、自分の終生の棲家《すみか》と定めた故郷にとって、自分はすでによそ者であったという、複雑な思いと老いの悲哀が垣間見える。「謫仙人《たくせんにん》」李白《りはく》の才を見出し、杜甫《とほ》に酒豪と称された（「飲中八仙歌」）磊落《らいらく》さが、平穏な晩年を想像させる。

［原詩］
少小離家老大回○
郷音無改鬢毛摧○
児童相見不相識
笑問客従何処来○
［詩形］
七言絶句
［押韻］
上平声十灰の韻

［読み］
少小《しょうしょう》 家《いえ》を離《はな》れ
老大《ろうだい》にして回《かえ》る
郷音《きょうおん》 改《あらた》むる無《な》く
鬢毛《びんもう》 摧《おとろ》う
児童《じどう》 相見《あいみ》るも
相識《あいし》らず
笑《わら》いて問《と》う
客《かく》 何処《いずこ》より来《き》たるかと

▼鬢毛　両耳の脇の髪、もみあげ。
▼摧　通常はくだくと読むが、「衰」とするテキストもあり、おとろうと訓じてみた。
▼児童　一族の子供か、一般的な土地の子供か判然としない。
▼相　目的とする対象をあらわす。
▼客　よその土地からきた人を指す。

［訳］
若き日に故郷の家を離れ
年老いて帰郷を果たしてみると
お国訛りは相変わらずだが、それにひきかえ、儂《わし》の髪は白く、薄くなった
子供たちがやってきたが
儂に見覚えもあるじゃなし
笑いながら、じいちゃんどこから来たの、と尋ねてきたわい

あたたかい

あたたかい

尽《つ》くせ一杯《いっぱい》の酒《さけ》

# 尽・一・杯○酒・

もう一杯、酒を飲み給《たま》え。

［詩人］
王維《おうい》（唐）
六九九〜七五九
詩仏。盛唐の三大詩人の一人。詳細は68頁参照。

［詩題］
送元二使安西
（元二《げんじ》の安西《あんせい》に使《つかい》するを送《おく》る）

「渭城曲《いじょうのきょく》」とも呼ばれ、送別詩の代表的作品。
都長安から、丸二カ月かけてやっと辿《たど》り着くような気が遠くなるほど離れた地へ旅立つ友。
「そこには知り合いもいないであろうから」と、別れの杯《さかずき》を重ねている。
余韻が漂っている。

［原詩］

渭城朝雨浥軽塵○
客舎青青柳色新○
勧君更尽一杯酒
西出陽関無故人○

［詩形］

七言絶句

［押韻］

上平声十一真の韻

［読み］

渭城《いじょう》の朝雨《ちょうう》
軽塵《けいじん》を浥《うる》おす
客舎《かくしゃ》青青《せいせい》
柳色《りゅうしょく》新《あらた》なり
君《きみ》に勧《すす》む
更《さら》に尽《つ》くせ一杯《いっぱい》の酒《さけ》
西《にし》のかた陽関《ようかん》を出《い》づれば
故人《こじん》無《な》からん

▼**元二**　元は姓、二は排行。二番目の男。伝不詳。
▼**安西**　安西都護府《あんせいとごふ》。現在の庫車《くちゃ》。
▼**渭城**　現在の咸陽《かんよう》（別れの場所）。
▼**客舎**　旅館。
▼**陽関**　敦煌《とんこう》（甘粛省《かんしゅくしょう》）の西にある関所。
▼**故人**　友人。

［訳］

別れの朝、渭城の町の雨もあがって
軽い埃《ほこり》をうるおしている
旅館の柳も芽吹いたばかりで
青々としている
旅立つ元二君よ
もう一杯飲み給え
西の方、陽関を出たならば
もう古なじみはいないのだから

# 貧時交

貧時《ひんじ》の交《まじ》わり

損得抜きの友情。

杜甫四十一歳のときの作品。杜甫はまだ就職もできずにいた。「世間の人情は薄い」と詠じているこの詩は、詩聖杜甫の実体験を詠じている。人の気持ちは「手のひらを返す」ようにくるくると変わるのが世の常であると詠う。貧しい友を支えて見返りを求めぬ〝管鮑《かんぽう》の交わり〟はいずこへ。

［詩人］
杜甫《とほ》（唐）
七一二〜七七〇
詩聖。中国四大詩人の一人。古詩・律詩を得意とする。
詳細は112頁参照。

［詩題］
貧交行《ひんこうこう》

［原詩］
翻手作雲覆手雨●
紛紛軽薄何須数●
君不見管鮑貧時
交
此道今人棄如土●

［詩形］
七言古詩

［押韻］
上声七麌の韻

［読み］
手《て》を 翻《ひるがえ》せば雲《くも》と作《な》り
手《て》を覆《おお》えば雨《あめ》となる
紛紛《ふんぷん》たる軽薄《けいはく》
何《なん》ぞ数《かぞ》うるを須《もち》いん
君《きみ》見《み》ずや
管鮑貧時《かんぽうひんじ》の交《まじ》わり
此《こ》の道今人《みちこんじん》
棄《す》てて土《つち》のごとし

▼翻手　手のひらを上に向けること。
▼覆手　手のひらを下に向けること。
▼紛紛　入り乱れること。
▼君不見　読者に呼びかける言い方。
▼管鮑　斉《せい》（春秋時代）の人。管は管仲《かんちゅう》。鮑は鮑叔《ほうしゅく》。管鮑は仲が良かった。

［訳］
手のひらを上に向けると雲になり
下に向けると雨になる
このように様子が変わるのが
人間の常である
このような軽薄の者が多く
数えたてるまでもなかろう
君よ、見たまえ
あの管鮑の貧しい時の交わりを
こんな交わりの道を今の人は
泥のように捨てているではないか

あたたかい

粒《りゅう》粒《りゅう》皆《みな》辛苦《しんく》

# 粒粒皆辛苦

苦心の努力の結晶。

元来は「一粒一粒の穀物が農民の労苦の賜物である」の意味。そこから、「努力の積み重ね、ひととおりでない労苦がこもっている」というふうに転用して使われるようになった。

重労働の過酷さを詠い、諷喩《ふうゆ》詩の流れをくむ佳作といえよう。

当時、「この詩の作者は将来卿相《けいしょう》（大臣クラス）となるだろう」と評されたとのエピソードがあるが（『唐詩紀事』）、のちに作者李紳は、その言葉のとおり大官に昇りつめた。

[詩人]
李紳《りしん》（唐）
?～八四六
武宗《ぶそう》期の宰相。白居易とも親交があった。

[詩題]
憫農
（農《のう》を憫《あわ》れむ）

［原詩］

鋤禾日当午●
汗滴禾下土●
誰知盤中餐
粒粒皆辛苦●

［詩形］
五言絶句

［押韻］
上声七麌の韻

［読み］

禾《いね》を鋤《す》くに　日《ひ》　午《ご》に当《あ》たる
汗《あせ》は滴《したた》る　禾下《かか》の土《つち》に
誰《たれ》か知《し》らん　盤中《はんちゅう》の餐《さん》
粒粒《りゅうりゅう》皆辛苦《みなしんく》なるを

▼**鋤禾**　稲が生長するように、雑草を取り除くこと。鋤は動詞。
▼**午**　午《うま》の刻。正午。
▼**誰知**　反語。「誰も知らない」の意。
▼**盤中餐**　碗の中の飯。

［訳］

雑草取りが、炎天下の太陽がかんかん照り
つける真昼の頃合いまで続く
吹き出る汗がポトポトと
足下の大地に滴り落ちる
誰一人知るまい
碗の中の飯の一粒一粒が
すべて農民の汗と努力の結晶であることを

# 無○別●語●

別語《べつご》無《な》し

（手紙は）ひとつの言葉で埋め尽くされている。

長江の長さと家族からの手紙の短さを、対比させている。受け取った手紙は十五行。便箋一枚が八行であるから、十五行とは二枚程度の短い手紙である。
そこにはただ「早く帰れ」と書かれているだけ。
家族からの手紙はありがたいものだ。
携帯電話の普及で、ありがたい手紙はなくなりつつある。

［詩人］
袁凱《えんがい》（明）
生没年未詳。袁白《えんはく》燕《えん》と呼ばれる。字《あざな》は景文《けいぶん》。博学で才《さい》藻《そう》に富む。杜甫《とほ》を学んだ。

［詩題］
家京師得家書
（京師《けいし》にて家書《かしょ》を得《え》たり）

# あたたかい

〔原詩〕
江水三千里
家書十五行○
行行無別語
只道早帰郷○

〔詩形〕
五言絶句

〔押韻〕
下平声七陽の韻

〔読み〕
江水三千里《こうすいさんぜんり》
家書《かしょ》 十五行《じゅうごぎょう》
行《ぎょう》 行《ぎょう》 別語《べつご》 無《な》し
只《ただ》 道《い》う 早《はや》く 郷《きょう》に 帰《かえ》れと

〔訳〕
江水の彼方、三千里から着いた
家族から手紙は十五行
どの行も他の言葉なし
ただただ「早く帰れ」とあるばかり

▼京師　都（南京《なんきん》）。
▼家書　家からの手紙。
▼江水　長江。
▼別語　他の言葉。
▼道　言う。

# 酒中仙

酒《しゅ》中《ちゅう》の仙《せん》

並みいるのんべえの中の仙人。

当時評判の八人の呑み仙人を描いた、杜甫のユーモラスな作品。登場順に、賀知章《がちしょう》、李璡《りしん》、李適之《りてきし》、崔宗之《さいそうし》、蘇晋《そしん》、李白《りはく》、張旭《ちょうきょく》（草書の名手として有名）、焦遂《しょうすい》。ここでは全二十二句のうち、李白を詠った十四～十七句までを示したが、放浪中に道士の修行をし、後世「詩仙」と称された李白にとって、「飲中八仙」の仲間入りを果たしたことは、本意であったろう。

［詩人］
杜甫《とほ》（唐）
七一二～七七〇
詩聖。中国四大詩人の一人。古詩・律詩を得意とする。詳細は112頁を参照。

［詩題］
飲中八仙歌《いんちゅうはっせんか》

［原詩］

（前略）

李白一斗詩百篇○

長安市上酒家眠○

天子呼来不上船○

自称臣是**酒中仙**○

（後略）

［詩形］

七言古詩

［押韻］

下平声一先の韻

［読み］

李白《りはく》一斗《いっと》

詩百篇《しひゃっぺん》

長安《ちょうあん》市上《しじょう》

酒家《しゅか》に眠《ねむ》る

天子《てんし》呼《よ》び来《き》たれど

船《ふね》に上《のぼ》らず

自《みずか》ら称《しょう》す

臣《しん》は是《こ》れ酒中《しゅちゅう》の仙《せん》なりと

［訳］

李白が一斗の酒飲めば

口をついて出る詩は百篇

長安市中の呑み屋で泥酔

天子さまのお召しでも

お迎えの船に乗ることかなわずに

「それがしはのんべえの仙人でござる」というばかり

▼一斗　唐代の度量衡では約六リットル。「斗酒」というと、場合によって多量にも少量にも取れるが、ここでは多量の酒のこと。「斗酒なお辞せず」は大酒飲みの形容。陶淵明《とうえんめい》の「雑詩《ざっし》」にも、「斗酒比隣《としゅひりん》を聚《あつ》む」とある。

あたたかい

# 足別離

別離《べつり》足《た》る

別れはつきものだ。

井伏鱒二の名訳「サヨナラダケガ人生ダ」（『厄除け詩集』）によって有名になった作品。転句の「花」と「風雨」は、それぞれ、結句の「人生」「別離」を情景にたくして描写したもの。出会いの喜びがあれば別れの悲しみがある、というのは世の必然であり、人生の真実である。これが古来日本人に愛唱される所以《ゆえん》であろうが、詩題にあるとおり、飲酒を勧めることに内容の重点があるとする解釈もある。

［詩人］
于武陵《うぶりょう》（唐）
八一〇～？
本名は鄴《ぎょう》、字《あざな》は武陵。科挙に及第したが、退廃的な世相に抗い、放浪の一生を送った。

［詩題］
勧酒
（酒《さけ》を勧《すす》む）

〔原詩〕
勧君金屈卮○
満酌不須辞○
花発多風雨
人生**足別離**○

〔詩形〕
五言絶句
〔押韻〕
上平声四支の韻

〔読み〕
君《きみ》に勧《すす》む　金屈卮《きんくつし》
満酌《まんしゃく》　辞《じ》するを須《もち》いず
花発《はなひら》けば　風雨《ふうう》多《おお》し
人生《じんせい》　別離《べつり》足《た》る

▼金屈卮　把手《とって》のついた黄金製の酒杯。屈は把手が曲がっていることを示す。
▼不須　須（すべからく～べし）の否定形。すべきでない、する必要がない。

〔訳〕
この黄金の大杯で、さあ一献
なみなみ注いだこの酒を
どうかことわりめさるな
花が咲いたら、とかく雨や嵐になるもの
人生に別れはつきものだから

あたたかい

あたたかい

吹《ふ》きて又《また》生《しょう》ず

# 吹○又●生○

春になれば草萌える。

［詩人］
白居易《はくきょい》（唐）
七七二～八四六
中国四大詩人の一人。詳細は130頁を参照。
［詩題］
賦得古原草送別
（古原草《こげんそう》送別《そうべつ》を賦《ふ》し得《え》たり）

三・四句は、広く中国人に膾炙《かいしゃ》した名句。文豪魯迅《ろじん》の散文詩集の題は『野草《やそう》』、李英儒《りえいじゅ》『野火《やか》と春風《しゅんぷう》は古城《こじょう》に戦う』は、広範な反響を呼んだ小説で、邦訳もある。いずれもこの詩をふまえたもので、台地にしっかりと根を下ろす名もない野草に不屈の生命力を見出し、自らの思いを託したものである。

この両句によって、十代後半で上京したばかりの作者が、当時の大詩人顧況《こきょう》にその非凡さを認められたという伝説がある。

[原詩]
離離原上草
一歳一枯栄○
野火焼不尽
春風吹又生○
遠芳侵古道
晴翠接荒城○
又送王孫去
萋萋満別情○

[詩形]
五言古詩
[押韻]
下平声八庚の韻

[読み]
離離《りり》たり 原上《げんじょう》の草《くさ》
一歳《いっさい》に 一《ひと》たび枯栄《こえい》す
野火《やか》 焼《や》き尽《つ》くせず
春風《しゅんぷう》吹《ふ》いて 又生《またしょう》ず
遠芳《えんぽう》 古道《こどう》を侵《おか》し
晴翠《せいすい》 荒城《こうじょう》に接《せっ》す
又《また》 王孫《おうそん》の去《さ》るを送《おく》れば
萋萋《せいせい》として 別情《べつじょう》満《み》つ

[訳]
いっせいに生い茂る野草は
一年に一度ずつ、枯れてはまた茂る
野火もすべてを焼き尽くすことはできず
春風が吹くと、必ずまた芽吹いてくる
遥かかなたから芳しい香りを放つ花々が
荒れ果てた古道にまでのびてきて
新緑が崩れた古城を埋め尽くしている
今また貴公子の送別会に参じて
野を覆うあの草のように
別離の悲しさが胸一杯に広がってゆく

▼賦得　宴席において、いくつかの詩題の中から引き当てること。「賦」は「月賦」などともいうように、分ける、割り当てる意。

▼離離　草木がよく生い茂っているさま。「萋萋《せいせい》」もほぼ同義。
▼王孫　家柄のよい貴公子。

あたたかい

# 韓《かん》 愈《ゆ》（七六八〜八二四）

中国四大詩人の一人。古文に長じ、唐宋八大家《とうそうはちたいか》の一人。字《あざな》は退之《たいし》。南陽の人。昌黎《しょうれい》（河北省《かほく》）の人ともいわれている。

苦学して二十五歳で進士に及第。三十五歳で失脚、陽山《ようざん》（広東省《かんとん》）に流されるが、善政によって中央政界に復帰する。五十二歳の時、憲宗《けんそう》皇帝が宮中に仏骨を迎えることに反対して「仏骨を論ずる表」をささげ、皇帝の逆鱗《げきりん》に触れて、潮州《ちょうしゅう》（広東省）刺史《しし》に流される。その後、袁州《えんしゅう》（江西省《こうせい》）に移された後、中央に復帰し、要職を歴任。五十七歳で政界を引退したが、まもなく亡くなり、礼部尚書《れいぶしょうしょ》（大臣）を贈られ、元豊《げんぽう》年間（一〇七八〜一〇八五）に昌黎伯《しょうれいはく》に封ぜられた。

装飾的な駢文《べんぶん》に反対して古文の復興を唱え、柳宗元《りゅうそうげん》（七七三〜八一九）とともに韓柳《かんりゅう》と称せられる。平易で俗っぽい元和体《げんなたい》に反発し、難解な詩を多く作っていることから後世から酷評されているが、中唐詩壇に一派を開き、孟郊《もうこう》、賈島《かとう》、張籍《ちょうせき》、王建《おうけん》、李賀《りが》などの詩人を輩出している。

# 第7章

# いさましい

## 意気に感じる

いさましい

158

# 不◎酔●無○帰○

酔《よ》わずんば帰《かえ》ること無《な》し

酔わずには帰るまい。

[詩人] 無名氏
[詩題] 湛露《たんろ》『詩経』小雅

『詩経』のうち、「国風《こくふう》」(各国の民謡)はよく取りあげられるので、周《しゅう》王室や都の生活などを詠った「小雅《しょうが》」から選んでみた。詩全体は、婚礼の夜の一族総出の宴で、花婿の人柄をほめたたえる内容となっている。先行研究では、露はその潤いあるしっとりとした風情から、恋愛詩のモチーフとして使われると考える。中島敦の『弟子』に、孔子の弟子の子路が訪ねた隠者が、この歌を口ずさむシーンがある。

［原詩］

湛湛露斯
匪陽不晞○
厭厭夜飲
不酔無帰○
（後略）

［詩形］

四言古詩

［押韻］

上平声五微の韻

［読み］

湛湛《たんたん》たる露《つゆ》あり
陽《ひ》に匪《あら》ざれば晞《かわ》かず
厭厭《えんえん》として夜飲《やいん》す
酔《よ》わずんば帰《かえ》ること無《な》し

［訳］

水をいっぱいにたたえた夜露
陽が昇らなければ乾かない
十分に思いのこもった今夜の宴《うたげ》
酔いつぶれずに帰られようか

▼**湛露**　いまにもこぼれ落ちそうなほどおいた露。「繁露」ともいう。「湛」は水が満ちて潤うさま。「湛湛」も同じ。
▼**斯**　詩のリズムを整える助辞。『詩経』で多用されている。
▼**厭厭**　もの静かでゆとりがあり、安らかなさま。

いさましい

# 気・蓋・世

気《き》は世《よ》を蓋《おお》う

意気込みは世界を覆い尽くすほどである。

秦《しん》末、項羽と劉邦《りゅうほう》は天下をかけて熾烈な戦いを繰り広げるが、項羽は三十一歳のとき、意気は高いものの、時勢を味方につけることができずに力尽きてしまった。この詩は、垓下《がいか》（安徽《あんき》省霊璧《れいへき》県）に追いつめられた項羽が四面楚歌《しめんそか》を聞いてがっくりときて、失意のうちに作ったものである。

［詩人］
項羽《こうう》（漢）
前二三二～前二〇二　西楚の覇王。名は籍、字《あざな》は羽。楚《そ》の名門の出身。

［詩題］
垓下歌
（核下《がいか》の歌《うた》）

［原詩］
力抜山兮気蓋世●
時不利兮騅不逝●
騅不逝兮可奈何○
虞兮虞兮奈若何○
［詩形］
七言古詩
［押韻］
換韻

［読み］
力《ちから》 山《やま》を抜《ぬ》き
気《き》世《よ》を蓋《おお》う
時利《ときり》あらず
騅逝《すいゆ》かず
騅《すい》の逝《ゆ》かざる
奈何《いかん》すべき
虞《ぐ》や虞《ぐ》や
若《なんじ》を奈何《いかん》せん

▼騅　愛馬の名。
▼奈何　反語。どうしたらよいか。どうしようもない。
▼虞　項羽の愛した女性。虞美人。

［訳］
わが力は山をも引き抜くほど
意気込みは世を覆い尽くすほどだ
だが、時勢が悪くなってしまった
その上、愛馬の騅《すい》までも
進もうとしない
騅が進まなければどうしようもない
愛しい虞よ虞よ
お前をどうしよう

いさましい

いさましい

威海内《いかいだい》に加《くわ》わる

# 威加海内

わが威光は天下に及んでいる。

漢の高祖劉邦は、反乱軍を鎮圧して都に帰る折、故郷に近い沛県《はいけん》（江蘇《こうそ》省）に立ち寄って、昔馴染みの人々や土地の長老などを招いて大宴会を催した。その折にこの「大風の歌」を作ったのだが、その際、劉邦は感極まって泣いたという（『史記』）。天下を統一して故郷に錦を飾った劉邦の得意なさまが伝わる。

[詩人]
劉邦《りゅうほう》（前漢）
前二五六？～前一九五　前漢の始祖。面長の顔。左股に七十二個の黒子《ほくろ》があったらしい。

[詩題]
大風歌
（大風《たいふう》の歌《うた》）

〔原詩〕

大風起兮雲飛揚○
**威加海内**兮帰故郷○
安得猛士兮守四方○

〔詩形〕

雑言古詩

〔押韻〕

下平声七陽の韻

〔読み〕

大風《たいふう》起《お》こりて
雲《くも》飛揚《ひよう》す
威《い》海内《かいだい》に加《くわ》わりて
故郷《こきょう》に帰《かえ》る
安《いずく》んぞ猛士《もうし》を得《え》て
四方《しほう》を守《まも》らしめん

▼兮　意味はなく、語調を整える助字。
▼威　高祖の威光。
▼海内　天下。
▼猛士　勇猛な兵士。
▼四方　天下。

〔訳〕

激しい風が吹いて
雲が舞い上がるかのように
各地から多くの人が立ち上がった
その激戦を制して
わが威光が天下に知れわたった今
懐かしい故里に帰ってきた
これからは武勇に優れた勇士を得て
何とかして天下を治めていこうと
思うのである

いさましい

# 壮心不已

壮心已《そうしんや》まず

猛き心はとどめられない。

当時、一級の詩人でもあった五十代前半の曹操が、当時の楽府《がふ》という民歌形式にのっとって詠んだ、丈夫《ますらお》ぶりの歌。遠征途中の軍営で催された酒宴で披露したとも、凱旋したときに歌ったものともいわれる。

前半は当時共有されていた死生観を詠う。「老驥伏櫪」以下の四句は、古今の絶唱として広く愛唱された。生きる気概が作品全体に横溢しており、〝乱世の奸雄《かんゆう》〟曹操の面目躍如。

[詩人]
曹操《そうそう》（後漢）
一六五〜二二〇
「三国志」の英雄。魏国の基を築く。

[詩題]
亀雖寿
（亀《かめ》は寿《いのちなが》しと雖《いえど》も）

［原詩］
神亀雖寿
猶有竟時○
騰蛇乗霧
終為土灰○
老驥伏櫪
志在千里●
烈士暮年
**壮心不已●**
（後略）

［詩形］
四言古詩
［押韻］
換韻

［読み］
神亀《しんき》　寿《いのちなが》しと雖《いえど》も
猶《な》お　竟《おわ》る時《とき》有《あ》り
騰蛇《とうだ》　霧《きり》に乗《の》るとも
終《つい》に土灰《どかい》と為《な》る
老驥《ろうき》　櫪《うまや》に伏《ふ》すとも
志《こころざし》　千里《せんり》に在《あ》り
烈士《れっし》　暮年《ぼねん》なるも
壮心《そうしん》已《や》まず

▼神亀　亀の一種。長寿で霊妙だとされる。
▼騰蛇　竜の一種。
▼老驥　年老いた駿馬。

［訳］
神亀《しんき》は長寿ではあるが
それでも命の尽きる時がくる
騰蛇《とうだ》は風雲に乗じて天に上《のぼ》るが
ついには土と成り果てる
だが年老いた駿馬《しゅんめ》は
死を待つばかりの身となっても
思いは遠く千里を駆けるというではないか
一人前の男たるもの
その身は老いても
猛き心はとどめられぬ

いさましい

# 髪・衝・冠・

髪《はつ》冠《かんむり》を衝《つ》く

怒髪は冠をつき上げる。

［詩人］
駱賓王《らくひんのう》（唐）六四〇?～六八四?　初唐四傑の一人。五言詩に優れる。

［詩題］
易水送別《えきすいそうべつ》

生きて帰ることのない旅に発とうとする壮士荊軻《けいか》の、覚悟の激しさを形容したことば。『史記』の彼の伝には、「髪《かみ》は尽《ことごと》く上《のぼ》りて冠《かんむり》を指《さ》す」とある。後半は完全な対句。承句の「壮士」が、転句では無常なる「人」となったこと、そして不変なる「水」との対比が巧みである。結句は、荊軻の歌の名句「風《かぜ》蕭蕭《しょうしょう》として易《えき》水《すい》寒《さむ》し」をふまえる。作者駱賓王が、唐王朝に反旗を翻した徐敬業《じょけいぎょう》という人物を荊軻になぞらえたとする説も古来有力。

［原詩］

此地別燕丹○
壮士髪衝冠○
昔時人已没
今日水猶寒○

［詩形］
五言絶句

［押韻］
上平声十四寒の韻

［読み］

此《こ》の地《ち》　燕丹《えんたん》と別《わか》る
壮士《そうし》　髪《はつ》　冠《かんむり》を衝《つ》く
昔時《むかし》　人《ひと》　已《すで》に没《ぼっ》し
今日《こんにち》　水《みず》　猶《な》お　寒《さむ》し

▼易水　現在の河北《かほく》省南部を流れる河。当時、燕国の南境を画していた。
▼燕丹　戦国時代、燕国の太子であった丹《たん》（人名）。
▼壮士　荊軻《けいか》を指す。丹から秦王政《しんおうせい》（のちの始皇帝）の暗殺を委ねられたが、失敗して殺された。
▼水　易水《えきすい》を指す。

［訳］

この地で丹《たん》と別れたとき
壮士は怒髪冠《どはつかんむり》を衝《つ》くありさまだった
その人はすでにこの世にはないが
今でも易水《えきすい》は変わらず寒々と流れている

# 託・死・生○

死生《しせい》を託《たく》す

生死を託するに充分だ。

詩聖杜甫の律詩。三十歳ごろの作品。
房兵曹《ぼうへいそう》が持つ名馬をたたえることで、持ち主を賛美している。
大宛《だいえん》産の馬は足が速く、体も素晴らしい
安心して命を託すことができる。
この馬を持てば、きっと武功を打ち立てられるだろう……。
杜甫も褒《ほ》め上手である。褒められれば悪い気はしないものだ。

[詩人]
杜甫《とほ》（唐）
七一二〜七七〇
詩聖。中国四大詩人の一人。古詩・律詩を得意とする。
詳細は112頁参照。

[詩題]
房兵曹胡馬
（房兵曹《ぼうへいそう》の胡馬《こば》）

[原詩]

胡馬大宛名○
鋒稜痩骨成○
竹批双耳峻
風入四蹄軽○
所向無空濶
真堪**託死生**○
驍騰有如此
万里可横行○

[詩形]

五言律詩

[押韻]

下平声八庚の韻

[読み]

胡馬《こば》大宛《だいえん》の名《な》
鋒稜《ほうりょう》 痩骨《そうこつ》成《な》る
竹批《たけそ》いで双耳《そうじ》峻《するど》く
風《かぜ》入《い》って四蹄《してい》軽《かろ》し
向《む》かう所《ところ》 空濶《くうかつ》無く
真《しん》に死生《しせい》を託《たく》するに堪《た》えたり
驍騰《ぎょうとう》此《かく》の如《ごと》き有《あ》り
万里《ばんり》横行《おうこう》すべし

▼胡馬　西域産の馬。
▼大宛　中央アジアにあった国。
▼鋒稜　鉾のように角ばっていること。
▼痩骨　駿馬の馬体をいう。
▼竹批　馬の耳。
▼空濶　空間。
▼驍騰　勇ましく強い馬。
▼横行　思いのままに行くこと。

[訳]

西域の名馬は大宛国産であろう
馬体は鉾《ほこ》のように角ばって
痩《や》せた骨組みをしている
竹をそいだように
双《ふた》つの耳は鋭く立っている
風が四つの蹄《ひづめ》の間に吹き込み
軽々と、馬の向かうところ
空間がないかのように速く走る
本当に、こんな名馬こそ
生死を託するのに
充分な馬と言えるであろう
勇ましく強い馬はこのようであるから
こんな名馬に乗って
万里の彼方までも
思いのままに行くことができるだろう

いさましい

# 悲歌士

悲歌《ひか》の士《し》

燕趙《えんちょう》の地は、春秋戦国時代から漢初にかけて、男伊達、親分肌の気風に富んだところだったという。「士は己を知る者のために死す」という言葉があるが、後世の忠義とは違って、当時は、自らのスタンスを固持し、仕えるに足る主君を選ぶという気風が強かった。賢君もまた士を厚遇し、食客の数を競う風潮も盛んだった。この命脈は、大衆小説『水滸伝』などにつながっていく、中国文学史上の大きな系譜である。

男伊達。

[詩人]
銭起《せんき》（唐）七一〇?〜七八〇?　大暦十才子の一人。自然詩に優れた。

[詩題]
逢俠者
（俠者《きょうしゃ》に逢《あ》う）

［原詩］

燕趙**悲歌士**
相逢劇孟家○
寸心言不尽
前路日将斜○

［詩形］

五言絶句

［押韻］

下平声六麻の韻

［読み］

燕趙《えんちょう》悲歌《ひか》の士《し》
相《あ》い逢《あ》う劇孟《げきもう》の家《いえ》
寸心《すんしん》言《い》い尽《つ》くさざるに
前路《ぜんろ》日《ひ》将《まさ》に斜《なな》めならんとす

［訳］

昔から悲歌慷慨《こうがい》の風を持つ
燕趙《えんちょう》の侠客《きょうかく》に
かつての劇孟《げきもう》かと思うような
顔役の屋敷で出会った
わが思いを語り尽くすこともできぬまま
行く手の路は
今にも日が暮れようとしていた

▼**燕趙**　ともに戦国時代の七雄の一つ。燕《えん》は現在の北京市と河北省を中心とする土地を支配。趙《ちょう》は現在の山西省から河北省にかけて領有した。

▼**劇孟**　漢代初期の侠客の代表格。洛陽《らくよう》の人。

▼**寸心**　心。または、自ら謙譲して、わずかばかりの心の意。心の大きさが一寸四方であると考えられたことによる。

いさましい

# 捲土重来

捲《けん》土《ど》重《ちょう》来《らい》

土を捲《ま》きあげ再起をはかる。

［詩人］
杜牧《とぼく》（唐）
八〇三～八五二
京兆万年（陝西省西安）の人。七言絶句に優れる。詳細は182頁参照。

［詩題］
題烏江亭
（烏江亭《うこうてい》に題《だい》す）

「敗者復活」の意で、広く使われている成句の出典となる、剛毅な杜牧らしい作品。「けんどじゅうらい」と読んでもよい。悲劇の英雄項羽《こうう》に思いをはせているが、その死を惜しんでいるとも、再起のチャンスを生かせなかったことを非難するとも解せる。歴史に「ｉｆ」はつきものだが、作者杜牧が歴史上の事象を詠う際の傾向には、「もしも……だったら」というパターンが多い。このジャンルの従来の作品にはない新味である。

いさましい

［原詩］

勝敗兵家事不期○
包羞忍恥是男児○
江東子弟多才俊
捲土重来未可知○

［詩形］
七言絶句

［押韻］
上平声四支の韻

［読み］

勝敗《しょうはい》は兵家《へいか》も　事《こと》　期《き》せず
羞《しゅう》を包《つつ》み恥《ち》を忍《しの》ぶは　是《こ》れ男児《だんじ》
江東《こうとう》の子弟《してい》　才俊《さいしゅん》多《おお》し
捲土《けんど》重来《ちょうらい》　未《いま》だ知《し》るべからず

［訳］

勝敗は兵法家も予期できず
時の運というではないか
辱しめを包み隠してこそ
好男子というものだ
江東《こうとう》の若者には人材が多いというから
土けむりを巻きあげる勢いで
再起をはかることができたかもしれないのだ

▼**烏江亭**　烏江《うこう》（現在の安徽《あんき》省和《か》県）の渡し場。楚《そ》の英雄項羽が壮絶な最期を遂げた地として知られる。

▼**題**　建物の壁に詩文をかきつけること。自作の有力な発表の場となった。

▼**是**　「～である」の意であって、代名詞ではない。現代中国語の用法も同じ。

▼**江東**　広く長江下流域の地を指す。ここでは項羽の根拠地。

▼**未可**　今となっても知ることはできない。

# 青雲志

青雲《せいうん》の志《こころざし》

若き日の功名心。

［詩人］
張九齢《ちょうきゅうれい》
寒門《かんもん》出身。玄宗《げんそう》期の宰相。晩年は左遷された。

［詩題］
照鏡見白髪
（鏡《かがみ》に照《て》らして白《はく》髪《はつ》を見る）

「青雲の志」とは、具体的には立身出世を指していうときに用いる。自ら切磋琢磨することが、その前提としてある。

前半二句は対句。最終句、自分自身と鏡に映る己が憐れみ合うという着想もおもしろい。

作者張九齢は寒門宰相を務めた成功者なので、この詩の作った立場に疑問を呈する説もあるが、客観的事実はどうであれ、「日暮れて途《みち》遠し」とは、誰もが感ずる人生の悲哀ではなかろうか。

〔原詩〕
宿昔青雲志
蹉跎白髪年○
誰知明鏡裏
形影自相憐○

〔詩形〕
五言絶句

〔押韻〕
下平声一先の韻

〔読み〕
宿昔《しゅくせき》 青雲《せいうん》の 志《こころざし》
蹉跎《さた》たり 白髪《はくはつ》の年《とし》
誰《たれ》か知《し》らん 明鏡《めいきょう》の裏《うち》
形影《けいえい》自《みずか》ら 相憐《あいあわ》れまんとは

▼蹉跎 時機を逸してつまずき、失意のさま。「蹉跌《さてつ》」とも。
▼誰知 反語。この場合は「誰も知らない」という強い否定形となる。
▼裏 ウラではなく、内、中の意。

〔訳〕
かつて若い日には
青雲の志を持っていたが
ボヤボヤして気づいてみたら
白髪の老人になってしまった
誰も思うまい
この鏡の中の我と我が影とが
憐れみ合う始末になろうとは

# 驚天動地

驚天動地《きょうてんどうち》

天地をゆるがすほどの驚き。

［詩人］
白居易《はくきょい》（唐）七七二〜八四六
中国四大詩人の一人。詳細は130頁を参照。

［詩題］
李白墓
（李白《りはく》の墓）

「天を驚かし地を動かす」ということから、世間をアッといわせるほどの大事件が起こった時に使われる四字熟語である。
采石磯《さいせきき》には、李白《りはく》が江上の月を捉《と》ろうとして溺死したという有名な伝説がある。実際の李白は、ここから少し西の当塗《とうと》というところの県令の食客であり、ここで六十二歳の生涯を終えた。
詩人は皆おしなべて薄幸、という句に、作者自身の苦悩が滲み出る。全体に沈鬱な詩である。

［原詩］

采石江辺李白墳○
繞田無限草連雲○
可憐荒壠窮泉骨
曽有驚天動地文○
但是詩人多薄命
就中淪落不過君○

［詩形］

七言古詩

［押韻］

上平声十二文の韻

［読み］

采石江辺《さいせきこうへん》 李白《りはく》の墳《ふん》
田《でん》を繞《めぐ》りて限《かぎ》り無《な》く
草《くさ》 雲《くも》に連《つら》なる
憐《あわ》れむべし 荒壠《こうろう》 窮泉《きゅうせん》の骨《ほね》
曽《かつ》て有《あ》り 驚天動地《きょうてんどうち》の文《ぶん》
但《た》だ是《こ》れ詩人《しじん》 薄命《はくめい》多《おお》し
就《なかんずく》中淪落《りんらく》すること
君《きみ》に過《す》ぎざらん

［訳］

采石磯《さいせきき》のほど近くに、李白《りはく》の墓がある
辺り一面、広々とした土地に草が生い茂っ
て、雲にまで連なってゆく
儚《はかな》いものだ、今でこそ荒れた墓の下に眠る
骨に過ぎないが
かつては天地を揺るがすほどの
大詩人だったのだ
詩人というものは
その多くは薄命なのが定め
でも落ちぶれた生涯という点では
君こそ気の毒というべきだろう

▼**采石**　采石磯《さいせきき》という長江の天険。現在の安徽《あんき》省馬鞍山市《ばあんざんし》にある。天然の防御線で、古来兵家必争《へいかひっそう》の地であった。
▼**荒壠**　壠は塚、墓の意。
▼**窮泉**　黄泉と同じ。
▼**就中**　とりわけ。
▼**淪落**　落ちぶれる。零落する。白居易《はくきょい》の「琵琶行」に「同《おな》じく是《こ》れ天涯淪落《てんがいりんらく》の人《ひと》」という句がある。

いさましい

# 誰無死

誰《たれ》か死《し》無《な》からん

古《いにしえ》より死なぬ者はない。

五、六句目の皇恐（彼の故郷を流れる贛水《かんすい》の難所皇恐灘《こうきょうなん》と、恐れ慌てるの意）と零丁（零丁洋《れいていよう》という地名と落ちぶれるの意）が掛詞《かけことば》で、巧みな対句を構成する。当時、作者は元軍の捕虜で、宋朝滅亡の地厓山《がいざん》へ向かう途中、自己の心境を詠んだものである。かつて「男子の本懐」という言葉があったが、気概を保ち毅然として生き、人生を完全燃焼させる「生きがい」を持ちたいと願うのは、古今不変の真理であろう。

［詩人］
文天祥《ぶんてんしょう》（南宋）
一二三六～一二八二　南宋随一の忠臣で宰相。王朝と運命をともにした。
［詩題］
過零丁洋
（零丁洋《れいていよう》を過《す》ぐ）

［原詩］

辛苦遭逢起一経○
干戈落落四周星○
山河破砕風抛絮
身世飄揺雨打萍○
皇恐灘頭説皇恐
零丁洋裏歎零丁○
人生自古誰無死
留取丹心照汗青○

［詩形］

七言律詩

［押韻］

下平声九青の韻

［読み］

辛苦《しんく》の遭逢《そうほう》　一経《いっけい》より起《お》こり
干戈落落《かんからくらく》たり　四周星《ししゅうせい》
山河破砕《さんがはさい》して　風《かぜ》　絮《じょ》を抛《なげう》ち
身世飄揺《しんせいひょうよう》して　雨《あめ》　萍《へい》を打《う》つ
皇恐灘頭《こうきょうたんとう》　皇恐《こうきょう》を説《と》き
零丁洋裏《れいていようり》　零丁《れいてい》を歎《なげ》く
人生《じんせい》　古《いにしえ》より　誰《たれ》か死《し》無《な》からん
丹心《たんしん》を留取《りゅうしゅ》して　汗青《かんせい》を照《て》らさん

▼起一経　儒学の経書《けいしょ》を学び、科挙に及第して官吏となること。
▼落落　ままならず、はかばかしくない。
▼萍　水草、浮き草。
▼汗青　歴史書を指す。竹簡を火にあぶって油をぬき、青みをなくして文字を書きやすくしたことによる。虫害を防ぐはたらきもある。

［訳］

わたしの辛苦の道のりは、学問を修め進士に及第し、官吏になったことに始まった
とめどない戦いに明け暮れているうちに
いつしか四年の歳月が過ぎ去った
祖国の山河は荒廃し、あたかも柳絮《りゅうじょ》が風に吹き飛ばされるかのようであり
我が身は雨に打たれながらあてもなくただよう、水草のようなものでしかない
かつて皇恐灘《こうきょうなん》では、国家の危急存亡を説き
今、零丁洋《れいていよう》では、落ちぶれた孤独な己を憐れむばかりだ
しかし人として生まれ、いにしえから死をまぬがれた者がひとりでもいただろうか
まごころをしっかり貫き通して
歴史に我が名をとどめよう

いさましい

# 万・骨・枯○

万骨《ばんこつ》枯《か》る

万余の兵士の命とひきかえに。

「一将功成《いっしょうこうな》って　万骨枯《ばんこつか》る」という名句の出典となる作品。

詩題の「己亥歳」は十干十二支によるもので、西暦八七九年、晩唐僖宗《きそう》の治世にあたる。時あたかも黄巣《こうそう》の乱によって、唐朝の息の根も絶えんとする、末期的な様相を呈していた頃のこと。

三句目は立身を戒める妻のことばと見てよいが、その理由が結句で明かされるのだ。「一将」と「万骨」のギャップも、対比の妙といえよう。

[詩人]
曹松《そうしょう》（唐）
八三〇?～九〇一
流浪生活ののちに晩年科挙《かきょ》に及第。苦吟《くぎん》派。

[詩題]
己亥歳
（己亥《きがい》の歳《とし》）

［原詩］
沢国江山入戦図○
生民何計楽樵蘇○
憑君莫話封侯事
一将功成**万骨枯**○

［詩形］
七言絶句

［押韻］
上平声七虞の韻

［読み］
沢国《たくこく》の江山《こうざん》
戦図《せんと》に入《い》る
生民《せいみんなん》何ぞ計《はか》らん
樵　蘇《しょうそ》を楽《たの》しむを
君《きみ》に憑《たの》む　話《はな》すこと莫《な》かれ
封侯《ほうこう》の事《こと》
一将功成《いっしょうこうな》って
万骨枯《ばんこつか》る

［訳］
ここ水郷の一帯までもが
ついに戦場と化してしまって
たきぎを取り、草刈りをして暮らす人々の
ささやかな暮らしすら
もはややっていけないありさま
どうかお願いですから、立身出世のことな
ど、口に出してくださいますな
一将軍の手柄は
万人の兵士の死と引き換えなのですから

▼沢国　長江流域の水郷地帯。都長安から離れ、元来戦場となる土地ではないところ。
▼樵蘇　「樵《しょう》」はきこり、「蘇《そ》」は草刈りの意。
▼封侯　「封」は土地を与えられて領主となる場合は、「ホウ」と読む。「封建」などがその例。手紙を閉じる場合の「フウ」と区別しなければならない。

いさましい

# 杜《と》牧《ぼく》（八〇三〜八五二）

字《あざな》は牧之《ぼくし》。京兆万年《けいちょうまんねん》（陝西《せんせい》省西安《せいあん》）の人。『通典《つてん》』の著者として名高い杜祐《とゆう》の孫。

二十五歳で進士に及第。三十歳の頃、牛僧孺《ぎゅうそうじゅ》の招きで、揚州《ようしゅう》（江蘇《こうそ》省）に赴く。当時、揚州は大都会であり、繁栄を誇っていた。才人で風流を解した杜牧は夜ごと、酒と女に酔いしれており、揚州の名妓佳人《めいぎかじん》（美人）の間には艶聞が広まっていた。三十三歳で、監察御史《かんさつぎょし》に抜擢されたが、四歳年下の弟の顗《ぎ》の眼病を見舞ったとき、休暇の日数を超えて免職になる。その後、地方官として復帰し、都に戻った後、再び、黄州《こうしゅう》（湖北《こほく》省黄崗県《こうこうけん》）をはじめ、池州《ちしゅう》（安徽《あんき》省）、睦州《ぼくしゅう》（浙江《せっこう》省）などの刺史を勤めて、中央に戻る。四十七歳のとき、弟一家をも養うために、収入の多い地方官に転出を願い出て、許可される。一年後、都長安に戻る。まもなく、五十歳で亡くなる。

杜牧は七言絶句にその才を発揮した。李商隠《りしょういん》（八一三〜八五八）と並んで、李杜《りと》と称される。老杜《ろうと》・杜甫《とほ》の詩風に類することから小杜《しょうと》と呼ばれる。

# 第8章

# さびしい

## 孤独を憂う

# 遊子意

遊子《ゆうし》の意《い》

旅立ってゆく人の心持ち。

王維《おうい》の「送元二使安西」詩（142頁）と並んで、〝送別詩の双璧〟と言われている。このフレーズが含まれている五句目「浮雲遊子意」は、島崎藤村の詩「小諸《こもろ》なる古城《こじょう》のほとり」に影響を与えていることでも知られる。

［詩人］
李白《りはく》（唐）
七〇一〜七六二
詩仙。中国四大詩人の一人。盛唐の三大詩人の一人。詳細は94頁参照。

［詩題］
送友人
（友人《ゆうじん》を送《おく》る）

［原詩］
（前略）
浮雲遊子意
落日故人情○
揮手自茲去
蕭蕭班馬鳴○

［詩形］
五言律詩

［押韻］
下平声八庚の韻

［読み］
浮雲《ふうん》遊子《ゆうし》の意《い》
落日《らくじつ》故人《こじん》の情《じょう》
手《て》を揮《ふる》って茲《ここ》より去《さ》れば
蕭蕭《しょうしょう》として班馬《はんば》鳴《いなな》く

▼遊子　旅人。
▼故人　昔馴染み。
▼揮手　一説には「手を振って」という意味もある。
▼蕭蕭　もの寂しい馬の鳴き声。
▼班馬　別れゆく馬。

［訳］
空に浮く雲は、旅立つ君の心のよう
夕日は、別れを惜しむ私のよう
互いの手を振りきって
ここから立ち去ろうとするとき
別れ行く馬までも
寂しげに嘶《いなな》くのだった

さびしい

# 倍思親

倍《ますま》す親《しん》を思う

いよいよ故里《ふるさと》の肉親を懐しく思う。

王維は十五歳のとき、故里の太原《たいげん》（山西省《さんせい》）を離れて、科挙の受験のため上京した。この詩は十七歳の作と言わている。唐代の詩人で、十代の作品が伝わっているケースは珍しい。九月九日は重陽《ちょうよう》の節句。この日は高いところに登り、菊酒を飲んで長寿を祈った。家族揃って節句を祝っている故里の肉親を偲《しの》んで詠じたものであろう。

［詩人］
王維《おうい》（唐）
六九九～七五九
詩仏。盛唐の三大詩人の一人。詳細は68頁参照。

［詩題］
九月九日憶山中兄弟
（九月九日《くがつここのか》山中《さんちゅう》の兄弟《けいてい》を憶《おも》う）

［原詩］

独在異郷為異客
毎逢佳節**倍思親**○
遥知兄弟登高処
遍挿茱萸少一人○

［詩形］

七言絶句

［押韻］

上平声十一真の韻

［読み］

独《ひと》り異郷《いきょう》に在《あ》って
異客《いかく》と為《な》る
佳節《かせつ》に逢《あ》うごとに
倍《ますま》す親《しん》を思《おも》う
遥《はる》かに知《し》る
兄弟《けいてい》高《たか》きに登《のぼ》る処《ところ》
遍《あまね》く茱萸《しゅゆ》を挿《さ》して
一人《いちにん》を少《か》くを

▼異郷　他郷。
▼親　肉親。両親ではない。
▼処　～する折。
▼茱萸　グミではなく、カワハジカミ。
▼少　欠けている。

［訳］

一人だけ故里を離れて
旅人になっている
節句に逢うたびに
いよいよ故里の親兄弟を
懐かしく偲《しの》ばれる
兄弟たちが高いところに
登っている折に
皆揃って茱萸《しゅゆ》を挿しているのに
一人だけ欠けているのを
遥かに想像している

さびしい

さびしい

# 日・以・疎○

日々《ひび》に以《もっ》て疎《うと》し

日々に遠ざかり、忘れられる。

［詩人］
無名氏（漢）

［詩題］
去者日以疎
（去《さ》る者は日々《ひび》に以《もっ》て疎《うと》し）

中国最初のアンソロジーである『文選《もんぜん》』に収録された連作、「古詩十九首」の第十四首。「去《さ》る者《もの》は日々《ひび》に疎《うと》し」が出典。死者へのレクイエムと人生の孤独が詩のテーマである。『文選』は推古朝にわが国に渡来し、王朝文学の形成に大きく寄与した。『徒然草』には、「古《ふる》き墳《つか》はすかれて田《た》となりぬ」（第三十段）とある。当然この詩をふまえた記述だが、兼好法師の思想の根底には、仏教の無常観が看取できそうだ。

［原詩］

去者日以疎○
生者日以親
出郭門直視
但見丘与墳○
古墓犂為田
松柏摧為薪○
白楊多悲風
蕭蕭愁殺人○
思還故里閭
欲帰路無因○

［詩形］

五言古詩

［押韻］

通押韻

［読み］

去《さ》る者《もの》は日々《ひび》に以《もっ》て疎《うと》まれ
生《い》ける者《もの》は日々《ひび》に以《もっ》て親《した》しまる
郭門《かくもん》を出《い》でて直《ただ》ちに視《み》れば
但《た》だ見《み》る 丘《きゅう》と墳《ふん》とを
古墓《こぼ》は犂《す》かれて田《でん》と為り
松 柏《しょうはく》は摧《くだ》かれて 薪《たきぎ》と為る
白楊《はくよう》に悲風《ひふうおお》多く
蕭 蕭《しょうしょう》として人《ひと》を 愁 殺《しゅうさつ》せしむ
故《もと》の里閭《りりょ》に還《かえ》らんと思《おも》い
帰《かえ》らんと欲《ほっ》するも路《みち》の因《よ》るべき無《な》し

［訳］

去りゆく者は日々に忘れられ
生ける者は日々に親しまれる
城門を抜けて辺りを見まわせば
眺められるのは墓ばかり
古い塚はやがて耕されて畑となり
松 柏《しょうはく》もいつかは薪になるのだ
白楊樹《はくようじゅ》に吹きつける秋風は凄まじく
私を愁いに沈ませる
村に帰ろうとしたものの
たよりにする路とて見つからなかった

▼丘与墳　丘は大きな墓、墳は土饅頭の意。
▼田　田畑の総称。
▼柏　常緑樹のコノテガシワ。カシワではない。
▼白楊　ハコヤナギ。松柏とともに、中国では墓地に植えられる。
▼蕭蕭　もの寂しい様子を形容する語。
▼愁殺　動詞の後ろにつく「殺」字は、強調の助辞。
▼故里閭　里も閭も村里の意。

さびしい

# 独・不◎眠○

独《ひと》り眠《ねむ》らず

一人眠れない夜を過ごす。

[詩人]
高適《こうせき》（唐）
?〜七六五
五十歳から詩作を始める。法務次官まで出世。渤海《ぼっかい》県侯。

[詩題]
除夜作
（除夜《じょや》の作《さく》）

高適が旅先で大晦日を迎え、眠れないまま旅愁を詠じた作品。唐代は、大晦日に家族全員揃って「追儺《ついな》」の行事を行い、豆まきをして新年を迎えた。その賑やかな年越し行事に一人欠けている、と詠じているのである。
中国人はどんな行事でも、家族揃って行うのが常。家族が一人でも欠けることは寂しいことなのである。

［原詩］
旅館寒灯独不眠○
客心何事転凄然○
故郷今夜思千里
霜鬢明朝又一年○

［詩形］
七言絶句

［押韻］
下平声一先の韻

［読み］
旅館《りょかん》の寒灯《かんとう》
独《ひと》り眠《ね》らず
客心《かくしん》何事《なにごと》ぞ
転《うた》た凄然《せいぜん》たる
故郷《こきょう》今夜《こんや》
千里《せんり》を思《おも》う
霜鬢《そうびん》明朝《みょうちょう》
又《また》一年《いちねん》

［訳］
旅館の寒々しい灯火のもと
一人眠れない夜を過ごしていると
ますます旅の思いは増すばかりだ
大晦日の今宵、故里では家族が
旅先にいる私のことを
思っているのことだろう
明朝には、白髪の老いの身は
また一つ年を重ねるのだ

▼客心　旅人の思い。
▼転　いよいよ。
▼凄然　もの寂しいさま。
▼霜鬢　白髪。

さびしい

# 無○知◎己●

知己《ちき》無《な》し

親しい友もいない。

琴《きん》の名手であった董《とう》某という人物を見送った詩であろう。琴の名手であれば、見知らぬ土地であっても君を知らない者はいないはずだと慰めている。なかなかうまい激励の仕方ではないか。

琴は、貴族の教養の一つ。プロ級の腕前の趣味を、一つは持ちたいものである。

［詩人］
高適《こうせき》（唐）
？〜七六五
五十歳から詩作を始める。法務次官まで出世。渤海《ぼっかい》県侯。

［詩題］
別董大
（董大《とうだい》に別《わか》る）

［原詩］
千里黄雲白日曛○
北風吹雁雪紛紛○
莫愁前路無知己
天下誰人不識君○

［詩形］
七言絶句

［押韻］
上平声十二文の韻

［読み］
千里《せんり》の黄雲《こううん》
白日《はくじつ》曛《くら》し
北風《ほくふう》 雁《かり》を吹《ふ》いて
雪紛紛《ゆきふんぷん》
愁《うれ》うる莫《な》かれ
前路《ぜんろ》知己《ちき》無《な》きを
天下《てんか》誰人《たれびと》か
君《きみ》を識《し》らざらん

▼黄雲　黄砂を帯びた雲。
▼白日　真昼時の太陽。
▼知己　自分を理解してくれる人。

［訳］
千里の彼方まで黄色い雲が垂れ込め
真昼時の太陽も薄暗く見える
冷たい北風が雁に吹きつけ
しきりに雪も降っている
悲しむことはない
「旅先で自分を理解して
くれる人がいない」などと
この世界に
琴の名手の君を知らない者など
いないのだから

さびしい

# 無○一●字●

一字《いちじ》無《な》し

家族からも友人からも、一字の便りもない。

杜甫五十七歳の作品。
当時の洞庭湖《どうていこ》は、一万四千平方キロメートルもある広大な湖。
詩の前半でその壮大な湖を眺めた感動を詠い、それに比べて
後半では、老いて病む作者の惨《みじ》めな姿を詠じている。
こんなときこそ、友人からの便りに元気づけられるというのに、
家族からも友人からも、一字の頼りもない侘《わび》しさ。

[詩人]
杜甫《とほ》(唐)
七一二〜七七〇
詩聖。中国四大詩人の一人。古詩・律詩を得意とする。
詳細は112頁参照。

[詩題]
登岳陽楼
(岳陽楼《がくようろう》に登《のぼ》る)

[原詩]
昔聞洞庭水
今上岳陽楼○
呉楚東南坼
乾坤日夜浮○
親朋無一字
老病有孤舟○
戎馬関山北
憑軒涕泗流○

[詩形]
五言律詩
[押韻]
下平声十一尤の韻

[読み]
昔《むかし》 聞《き》く 洞庭《どうてい》の水《みず》
今《いま》上《のぼ》る 岳陽楼《がくようろう》
呉楚《ごそ》東南《とうなん》に坼《さ》け
乾坤《けんこん》日夜《にちや》浮《う》かぶ
親朋《しんぽう》一字《いちじ》無《な》く
老病《ろうびょう》孤舟《こしゅう》有《あ》り
戎馬《じゅうば》関山《かんざん》の北《きた》
軒《けん》に憑《よ》れば涕泗《ていし》流《なが》る

▼岳陽楼　岳陽市（湖南省《こなんしょう》）の西に建つ楼閣。
▼洞庭水　洞庭湖。当時は四国と同じ面積。
▼呉楚　春秋時代の国名。
▼乾坤　天と地。
▼親朋　肉親と友人。
▼戎馬　戦乱。
▼関山　関所と山
▼憑軒　手すりにもたれる。
▼涕泗　なみだ。

[訳]
昔から壮大な洞庭湖の噂は聞いていた
今、岳陽楼に上って、洞庭湖を眺めている
呉と楚の国がこの洞庭湖によって
東と南に引き裂かれており
湖面には天地のあらゆる物が
昼となく、夜となく
陰を落として浮かんでいる
今の私には肉親や友人からの
一字の便りもなく
老いて病《や》む身には
たった一艘《そう》の小舟があるだけだ
今なお戦乱が、関所や山を隔てた
北の故里では続いている
楼閣の手すりに寄りかかっていると
涙が流れ落ちるばかりである

さびしい

# 行路心

行路《こうろ》の心《こころ》

行きずりの人のような無関心の心。

「金の切れ目は縁の切れ目」という内容を、絶句に仕立てあげた。
「行路心」は人間不信をあらわすフレーズ。
酒好きで淡泊な性格であったといわれる張謂が
こういう内容の作品を残していることを考えると、
余程ひどい仕打ちを受けたのではないかと推測できる。
金に左右されない真の友情を育《はぐく》みたいものである。

［詩人］
張謂《ちょうい》（唐）
七二一～七八〇？
若いころ嵩山《すうざん》で書を読む生活を送る。『唐詩選』に六首所収。

［詩題］
題長安主人壁
（長安《ちょうあん》の主人《しゅじん》の壁《へき》に題《だい》す）

［原詩］
世人結交須黄金○
黄金不多交不深○
縦令然諾暫相許
終是悠悠**行路心**○

［詩形］
七言絶句
［押韻］
下平声十二侵の韻

［読み］
世人《せじん》交《まじ》わりを結《むす》ぶに
黄金《おうごん》を須《もち》う
黄金《おうごん》多《おお》からざれば
交《まじ》わり深《ふか》からず
縦令《たとい》然諾《ぜんだく》して
暫《しばら》く相《あ》い許《ゆる》すも
終《つい》に是《こ》れ
悠悠《ゆうゆう》たる行路《こうろ》の心《こころ》

▼世人　世間の人。
▼黄金　金。
▼縦令　～であるとしても。
▼相許　親しく交際すること。

［訳］
世間の人は交際を結ぶときに
金の力を必要とする
金が多くなければ
交際も深くならない
たとえ、親しく交際することを承知して
暫《しばら》く交際していても
結局は行きずりの人のような
無関心な気持ちになってしまう

さびしい

# 独・傷○心○

独《ひと》り心《こころ》を傷《いた》ましむ

一人悲しくなる。

阮籍には、八十二首からなる「詠懐詩」が残されている。魏《ぎ》王朝（司馬氏）に仕える阮籍は、司馬氏の専横に心を傷めていた。その苦悩をひそかに詠ったものである。語るべき友人もいない自分は、いったいどうすればよいのか。その苦しみを不気味な光景に重ねて詠じている。阮籍は「竹林《ちくりん》の七賢《しちけん》」の領袖としても有名。

［詩人］
阮籍《げんせき》（魏）
二一〇～二六三
老荘思想を好み、琴をよくす。俗な人物には白眼で、同志には青眼《くろめ》で迎えた。

［詩題］
詠懐詩《えいかいし》

［原詩］

夜中不能寐
起坐弾鳴琴○
薄帷鑑明月
清風吹我襟○
孤鴻号外野
朔鳥鳴北林○
徘徊将何見
憂思**独傷心**○

［詩形］

五言古詩

［押韻］

下平声十二侵の韻

［読み］

夜中《やちゅう》寐《い》ぬる能《あた》わず
起坐《きざ》して鳴琴《めいきん》を弾《だん》ず
薄帷《はくい》に明月《めいげつ》鑑《て》り
清風《せいふう》我《わ》が襟《えり》を吹《ふ》く
孤鴻《ここう》外野《がいや》に号《さけ》び
朔鳥《さくちょう》北林《ほくりん》に鳴《な》く
徘徊《はいかい》して将《は》た何《なに》をか見《み》る
憂思《ゆうし》して独《ひと》り 心《こころ》を傷《いた》ましむ

［訳］

夜中になっても
なかなか寝つかれないでいる
起き出して座って
琴を弾《だん》じてみた
薄いカーテンに
明るい月の光りが差し込んできた
清々《すがすが》しい風が、私の襟元《えりもと》に吹く
一羽の 鴻《おおとり》 が荒れ野の上を
悲しげに鳴きながら飛んでいく
北の林では、雁《がん》の群れが鳴きわめく
外を歩き回って、何を見ようか
物思いに耽《ふけ》って、一人悲しくなるのだ

さびしい

さびしい

# 満・樹・蟬○

樹《き》に満《みつ》つる蟬《せみ》

木には多くの蟬《せみ》が鳴いている。

母を亡くした白居易が、故里に帰り喪に服しているときの作。当時、四十歳の白居易は孤独感を味わっていた。政治状況が相容れない勢力下にあったからである。この時代、蟬《せみ》はきわめて高潔な生き物とされていた。散乱するニセアカシアの花とたくさんの蟬を自らと重ね合わせ、孤独感を一層際立たせている。

【詩人】
白居易《はくきょい》（唐）七七二〜八四六
中国四大詩人の一人。詳細は130頁参照。

【詩題】
暮立《ぼりつ》

［原詩］

黄昏独立仏堂前○
満地槐花満樹蝉○
大抵四時心総苦
就中腸断是秋天○

［詩形］

七言絶句

［押韻］

下平声一先の韻

［読み］

黄昏《こうこん》 独《ひと》り立《た》つ
仏堂《ぶつどう》の前《まえ》
地《ち》に満《み》つる槐花樹《かいかき》に
満《み》つる蝉《せみ》
大抵四時《たいていしいじ》
心《こころ》 総《す》べて苦《くる》しけれど
就中《なかんずく》 腸《はらわた》 の断《た》たれるは
是《こ》れ 秋天《しゅうてん》

［訳］

たそがれ時に一人仏堂の前に立つ
ニセアカシアの花は地面を埋めつくし
木には多くの蝉が鳴いている
四季それぞれが悲しみを誘うが
とりわけ、悲しいのは秋である

▼槐　ニセアカシア。
▼大抵　おおむね。
▼四時　四季。
▼就中　とりわけ。
▼腸断　非常に悲しい。

# 李《り》商《しょう》隠《いん》（八一三〜八五八）

字《あざな》は義山《ぎざん》。号は玉谿生《ぎょくけいせい》。懐州河内《かだい》（河南《かなん》省）の人。開成二年（八三七）の進士。若い頃は令孤楚《れいこそ》の知遇を得ていたが、進士に及第すると、令孤楚の政敵である王茂元《おうぼうげん》の娘を妻に迎えた。息子の令孤綯《れいことう》が実権を握ると、李商隠は排斥され、不遇な生涯を送った。

李商隠は杜牧《とぼく》と並んで李杜《りと》と併称され、温庭筠《おんていいん》と並んで温李《おんり》と称され、晩唐を代表する詩人である。特に、律詩に長じ、好んで故事を用いた。詩を作るとき、カワウソが獲物の魚を並べたように、李商隠も書籍を並べて作詩したので「獺祭魚《だっさいぎょ》」と呼ばれた。

# 温《おん》庭《てい》筠《いん》（八一二〜八七二？）

字《あざな》は飛卿《ひけい》。本名は岐《き》。并州太原《いしゅうたいげん》（山西《さんせい》省）の人。何度も科挙の試験を受けたが及第しなかった。しかし、温庭筠は腕組みを八回すると、たちまちのうちに十六句の詩ができあがった。そこから「温八叉《おんはっさ》」と呼ばれた。

# 第9章

# せつない

胸が締めつけられる

せつない

# 心緒《しんしょ》

心○緒●

心の糸。

［詩人］
蘇頲《そてい》（唐）
六七〇～七二七
秀才の誉れ高く、文章の名手。後に宰相。

［詩題］
汾上驚秋
（汾上《ふんじょう》にて秋《あき》に驚《おどろ》く）

同じモチーフのもとに詠まれた先行作品である、漢の武帝の「秋風の辞」を題材とするが、作詩状況は不明。前半二句は対句を構成して実景を述べ、後半二句は心情を吐露する。

「悲秋の感覚」は、日本文学にも受容され、その情緒形成に大きく寄与した。

「秋来《き》ぬと　目にはさやかに見えねども　風の音にぞ　驚かれぬる」（藤原敏行朝臣）を想起させる。

［原詩］
北風吹白雲○
万里渡河汾○
心緒逢揺落
秋声不可聞○

［詩形］
五言絶句

［押韻］
上平声十二文の韻

［読み］
北風《ほくふう》 白雲《はくうん》を吹《ふ》き
万里《ばんり》 河汾《かふん》を渡《わた》る
心緒《しんしょ》 揺落《ようらく》に逢《あ》い
秋声《しゅうせい》 聞《き》くべからず

［訳］
北風が白雲を吹き飛ばしてゆく秋空のもと
長旅途上の私は、今、汾河を渡る
枯葉が落ち散るのを目にした私の心は
つらく悲しい秋の気配を感じることには
耐えられない

▼汾上　汾河は、現在の山西省《さんせいしょう》を流れる河で、黄河に注ぐ。
▼驚　気づいてはっとする。
▼万里　長旅の形容。
▼心緒　こころもち、情緒のこと。「緒」の原義は「糸」であり、糸をほぐすさまを心が激しくふるえる様子に重ねて、ここでは「心の糸」と訳してみた。
▼不可　第一義は「～できない」。

せつない

# 万里悲秋

万里悲秋《ばんりひしゅう》

遥か異郷の地で、悲しい秋の風物に出会う。

杜甫五十六歳、最晩年の作。全詩が対句で緊密な構成をなし、古今の絶唱と称される。

「悲秋」は、単なるセンチメンタルではなく、戦乱の時代に生まれ合わせて己の志を具現できないという、政治的な色彩を帯びている。その意味で、杜甫はまさしく、秋を詠う詩人であった。自然が不変である一方で、自らの癒しがたい悲しみをも緻密に計算し、詩の形式に載せる作者の技量に圧倒される。

［詩人］
杜甫《とほ》（唐）
七一二〜七七〇
詩聖。中国四大詩人の一人。古詩・律詩を得意とする。詳細は112頁を参照。

［詩題］
登高《とうこう》

［原詩］

風急天高猿嘯哀○
渚清沙白鳥飛廻○
無辺落木蕭蕭下
不尽長江滾滾来○
万里悲秋常作客
百年多病独登台○
艱難苦恨繁霜鬢
潦倒新停濁酒杯○

［詩形］

七言律詩

［押韻］

上平声十灰の韻

［読み］

風急《かぜきゅう》に天高《てんたか》くして　猿嘯哀《えんしょうかな》し
渚清《なぎさきよ》く沙白《すなしろ》くして　鳥飛《とりと》び廻《めぐ》る
無辺《むへん》の落木《らくぼく》は　蕭蕭《しょうしょう》として下《くだ》り
不尽《ふじん》の長江《ちょうこう》は　滾滾《こんこん》として来たる
万里《ばんり》悲秋《ひしゅう》　常《つね》に客《かく》と作《な》り
百年《ひゃくねん》多病《たびょう》　独《ひと》り台《だい》に登《のぼ》る
艱難《かんなん》　苦《はなは》だ恨《うら》む　繁霜《はんそう》の鬢《びん》
潦倒《ろうとう》新《あら》たに停《とど》む　濁酒《だくしゅ》の杯《はい》

▼**登高**　重陽《ちょうよう》（陰暦九月九日）の節句に小高い丘に登って菊酒を飲み、災厄を払う行事。
▼**猿嘯**　細長くあとを引く猿の鳴き声。
▼**繁霜鬢**　白髪を霜にたとえた表現。
▼**潦倒**　老衰した様子。

［訳］

風は激しく空は高く澄みわたり
猿の声が悲しみをそそる
川辺の水は澄んで砂は真っ白く
その上を鳥が輪を描いて飛んでいる
一帯の並木は、絶え間なくはらはらと葉を散らせ、絶えることなく流れる長江は
こんこんと力強く水を湧き出している
故郷を遥か万里離れた地で物悲しい秋に出会い、さすらいの我が身を思う
そのうえ生涯病気がちで、今ただひとり
こうしてこの高台に登っている
いろいろな苦難が度重なって、髪が真っ白になってしまったのがたいそう悲しい
すっかり老いぼれて、ささやかな慰めの濁《にご》り酒も、やめざるを得なくなってしまった

万《ばん》古《こ》千《せん》秋《しゅう》

# 万古千秋

永遠に変わらないもの。

沈栓期は、宋之問《そうしもん》とともに律詩の形式を確立したことで知られる。宮廷詩人であった彼は、美しい詩を数多く作った。唐の都と北邙山《ほくぼうざん》との対比は生と死の対比であり、永遠に変わることのない世界である。笑いや音楽のある賑やかな生活も、死後はただ松柏の葉音だけの侘《わび》しい世界。いかなる生も死で終わるのだ。

〔詩人〕
沈佺期《しんせんき》（唐）
?～七一三
字《あざな》は雲卿《うんきょう》。内黄《ないこう》（河南《かなん》省）の人。宮廷詩人。律詩の祖。今体詩《きんたいし》の創始者。

〔詩題〕
邙山《ほうざん》

［原詩］

北邙山上列墳塋○
万古千秋対洛城○
城中日夕歌鐘起
山上惟聞松柏声○

［詩形］

七言絶句

［押韻］

下平声八庚の韻

［読み］

北邙山上《ほくぼうさんじょう》
墳塋《ふんえい》を列《つら》ぬ
万古千秋《ばんこせんしゅう》
洛城《らくじょう》に対《たい》す
城中日夕《じょうちゅうにっせき》
歌鐘《かしょう》起《お》こる
山上《さんじょう》惟《た》だ聞《き》く
松柏《しょうはく》の声《こえ》

▼北邙山　洛陽の北、王侯貴族の墓地が多い。
▼墳塋　墓地。
▼万古千秋　永遠。
▼洛城　洛陽《らくよう》。唐代の東都。
▼日夕　その日の夕方。
▼松柏　墓地に植えるマツとコノテガシワ。

［訳］

北邙山の上には
墓地が並んでいる
その墓地は、遥か昔から
都の洛陽《らくよう》と向かい合って
永遠に変わることがない
洛陽の町は夕方になると
歌声や鐘の音で賑やかになるが
山の上は、寂しい松や
コノテガシワの葉音だけが
響き渡っているばかりだ

せつない



# 花落時

花落《はなお》つる時《とき》

花の散るころ。

張敬忠が辺境に従軍していた折、都長安への思いを詠じた詩。
春の盛りである二月、都では桃の花も散るころだというのに、
辺境の五原《ごげん》地方はしだれ柳も芽吹こうとしない。
長く厳しい辺境の冬が終わりに近づき、
春の到来を待ちこがれている。

[詩人]
張敬忠《ちょうけいちゅう》（唐）
生没年未詳。生涯の大部分を辺境で戦った。

[詩題]
辺詞《へんし》

［原詩］
五原春色旧来遅○
二月垂楊未掛糸○
即今河畔氷開日
正是長安**花落時**○

［詩形］
七言絶句

［押韻］
上平声四支の韻

［読み］
五原《ごげん》の春色《しゅんしょく》
旧来遅《きゅうらいおそ》し
二月垂楊《にがつすいよう》
未《いま》だ糸《いと》を掛《か》けず
即今《そくこん》河畔《かはん》
氷《こおり》開《ひら》く日《ひ》
正《まさ》に是《こ》れ
長安花落《ちょうあんはなお》つる時《とき》

▼五原　現在の内蒙古自治区にある五原付近。
▼旧来　もともと。
▼二月　旧暦の二月。
▼掛糸　芽吹いた柳の枝が垂れること。
▼即今　ただいま。
▼正是　ちょうど〜である。

［訳］
もともと五原は
春の訪れは遅い
もう春の盛りの二月だというのに
しだれ柳は芽吹こうともしない
ようやく黄河の氷も溶けたが
今ごろ都長安では
桃の花が散っているだろう

せつない

# 春風不度

春風度《しゅんぷうわた》らず

春風は届かない。

［詩人］
王之渙《おうしかん》（唐）
六八八〜七四二
辺塞詩《へんさいし》に優れる。
作品に楽師が先を争って曲を付けたといわれる。
［詩題］
涼州詞（涼州《りょうしゅう》の詞《し》）

暖かい春風も吹かない茫漠たる砂漠のさまを詠う。前半二句は辺塞の風景。黄河と白雲、一片と万仞《ばんじん》の対句が荒涼としたイメージを想わせる。後半二句は西域情緒に満ちている。「何須」「怨」には、作者の強い思いが込められている。悲愴感とエキゾチシズム漂うこの詩は、宴席で芸妓によってしばしば愛唱されたという。

[原詩]

黄河遠上白雲間○
一片孤城万仞山○
羌笛何須怨楊柳
春風不度玉門関○

[詩形]

七言絶句

[押韻]

上平声十五刪の韻

[読み]

黄河《こうが》遠《とお》く上《のぼ》る
白雲《はくうん》の間《かん》
一片《いっぺん》の孤城《こじょう》
万仞《ばんじん》の山《やま》
羌笛《きょうてき》何《なん》ぞ須《もち》いん
楊柳《ようりゅう》を怨《うら》むを
春風《しゅんぷう》度《わた》らず
玉門関《ぎょくもんかん》

[訳]

黄河を遥か遡《さかのぼ》って
白雲の沸き立つあたりに
辺境の城《まち》がただひとつ
高く切り立つ山々の間にあった
羌族《きょうぞく》が吹く「折楊柳《せつようりゅう》」の笛の音色が
城のあたりに響きわたって、
私のこころをいやがうえにも悲しませる
春の暖かい風も、玉門関《ぎょくもんかん》を越えた
最果てのこの地には届かないのだから

▼涼州　地名。今の甘粛《かんしゅく》省一帯。

▼一片　片は平面を表す。「かけら」ではない。

▼羌笛　西北方の異民族、羌族《きょうぞく》の吹く笛。

▼楊柳　曲名。「折楊柳《せつようりゅう》」という別れの曲。

▼度　「渡」の意。

▼玉門関　関所の名。陽関とともに西域との境界に置いた。玉関ともいう。

せつない

散《さん》じて春風《しゅんぷう》に入《い》る

# 散・入・春○風◎

（笛の音《ね》が）春風に乗って町中に響き渡る。


李白が洛陽《らくよう》に滞在中、別れの曲「折楊柳《せつようりゅう》」を聞いて、故里を思い出して詠ったと言われている。

この詩の用字法は見事で、寸分の隙もない。

「誰」は「暗」に応じ、「飛」「散」は「春風」を呼び起こす。

「春風」は詩題の「春夜」に応じ、転句の「柳」を呼び起こす。

そして、別れを詠う「折柳」は「故園情」を呼び起こすのだ。

［詩人］
李白《りはく》（唐）
七〇一～七六二
詩仙。中国四大詩人の一人。盛唐の三大詩人の一人。
詳細は94頁参照。
［詩題］
春夜洛城聞笛
（春《しゅん》夜《や》洛城《らくじょう》に笛《ふえ》を聞《き》く）

［原詩］
誰家玉笛暗飛声○
散入春風満洛城○
此夜曲中聞折柳
何人不起故園情○

［詩形］
七言絶句

［押韻］
下平声八庚の韻

［読み］
誰《た》が家《いえ》の玉笛《ぎょくてき》か
暗《あん》に声《こえ》を飛《と》ばす
散《さん》じて春風《しゅんぷう》に入《い》って
洛城《らくじょう》に満《み》つ
此《こ》の夜曲中《よるきょくちゅう》
折柳《せつりゅう》を聞《き》く
何人《なんぴと》か故園《こえん》の情《じょう》を
起《お》こさざらん

［訳］
誰が吹く笛の音であろうか
その音色は、春風に乗って
洛陽の町中に響き渡っている
この夜、別れの曲である
「折楊柳」を聞いたが
これを聞いて
故郷を思うせつない気持ちを
起こさない者などあろうか

▼洛城　洛陽。唐代の東都。
▼玉笛　美しい笛。
▼暗　どこからともなく。
▼折柳　別れを詠う「折楊柳」曲。
▼故園情　故郷を思う心。

せつない

せつない



# 不勝春

春《はる》に勝《た》えず

春の感傷にたえられない。

李白が春秋時代の呉《ご》の姑蘇台《こそだい》を訪ね、荒れ果てた遺跡を見て、無常を詠じたものである。春や秋の風景は眺めているだけでも感傷的になりやすいが、菱《ひし》摘み歌を聞き、昔から変わらずに照らしつづける月を思うと、懐古の情がふつふつと湧き上がってくる。「越中覧古《えっちゅうらんこ》」詩とともに読まれることが、李白の望みだろう。

[詩人]
李白《りはく》（唐）
七〇一～七六二
詩仙。中国四大詩人の一人。盛唐の三大詩人の一人。詳細は94頁参照。

[詩題]
蘇台覧古《そだいらんこ》

［原詩］

旧苑荒台楊柳新○
菱歌清唱不勝春○
只今惟有西江月
曾照呉王宮裏人○

［詩形］

七言絶句

［押韻］

上平声十一真の韻

［読み］

旧苑荒台《きゅうえんこうだい》
楊柳《ようりゅう》新《あら》たなり
菱歌《りょうか》清唱《せいしょう》
春《はる》に勝《た》えず
只今《ただいま》惟《た》だ
西江《せいこう》の月《つき》のみ有《あ》って
曾《かつ》て照《て》らす
呉王宮裏《ごおうきゅうり》の人《ひと》

▼菱歌　菱の実を採りながら娘たちが歌う民謡。
▼清唱　澄んだ歌声。
▼呉王宮裏人　中国古代四大美女の一人、西施《せいし》を指す。

［訳］

古い庭荒れた高台に
柳だけが新しく芽吹いた
菱の実を採る娘たちの
澄んだ歌声を聞くと
春の感傷を催してしまう
今も変わらないのは
西江の川面に上る月だけである
この月は、かつては呉《ご》の宮殿の
絶世の美人を照らしていたのだ

せつない

# 花自落

花《はな》自《おのづか》ら落《お》つ

花が散るにまかせている。

前半二句は、安禄山《あんろくざん》の乱によって荒廃した風景を詠う。「萋萋」の二字は悲傷の表現。後半二句は対をなす。「自」と「空」、「無」字の対比に寂寞の思いがにじむ。木の香り、花の色、鳥の声という、感覚的手法を駆使していることにも注目したい。

作者は乱に際して、母とともに難を避けようとして果たせず、このときは賊軍の幕下にあった。不変の自然に比べて人事が空しく移ろいやすいというのは、自身の境遇に対する感傷でもある。

［詩人］
李華《りか》（唐）七一五?〜七六六
硬骨の士。名文家としても知られる。

［詩題］
春行寄興
（春行《しゅんこう》興《きょう》を寄《よ》す）

［原詩］
宜陽城下草萋萋○
澗水東流復向西○
芳樹無人花自落
春山一路鳥空啼○

［詩形］
七言絶句

［押韻］
上平声八斉の韻

［読み］
宜陽《ぎよう》の城下《じょうか》 草《くさ》 萋萋《せいせい》たり
澗水《かんすい》東流《とうりゅう》して 復《ま》た西《にし》に向《む》かう
芳樹《ほうじゅ》人《ひと》無《な》くして 花《はな》 自《おのずか》ら落《お》ち
春山《しゅんざん》一路《いちろ》 鳥《とり》 空《むな》しく啼《な》く

［訳］
宜陽《ぎよう》のまちは荒れ果てて、草が生い茂り
谷川の水は東へ
それから西へ向かって流れてゆく
かぐわしい樹木のもとには人影も見えず
折角の花は散るにまかせているだけ
春の山辺の道には
鳥がむなしくさえずるばかり

▼**春行寄興**　春の行楽の折、感じたままを詠んだ。
▼**宜陽**　地名。現在の河南《かなん》省。副都洛陽《らくよう》の西南、洛水《らくすい》のほとりにあった。
▼**城**　まちの意。中国の都市が、街全体を城壁で囲むことから。
▼**澗水**　澗は谷のこと。谷川。

せつない

220

# 涙・闌○干○

涙《なみだ》闌《らん》干《かん》たり

涙がはらはらと流れて止まらない。

［詩人］白居易《はくきょい》（唐）
七七二〜八四六
中国四大詩人の一人。詳細は130頁を参照。

［詩題］長恨歌《ちょうごんか》

全百二十句の九十七〜百句。「闌干」は、涙が限りなく連なって流れ落ちるさま。

楊貴妃の非業の死により引き裂かれた二人だったが、道士によりその魂は招き寄せられ、七夕の夜、永遠の愛を誓いあって作品は終わる。この場面は仙女となった楊貴妃が現れるシーンで、「梨花一枝春帯雨」の比喩がとにかく素晴らしい。作者のなみなみならぬ技量が光る。

［原詩］

風吹仙袂飄颻挙○
猶似霓裳羽衣舞○
玉容寂寞涙闌干
梨花一枝春帯雨○

［詩形］
七言古詩

［押韻］
通押韻

［読み］

風《かぜ》は仙袂《せんべい》を吹《ふ》いて
飄《ひょう》颻《よう》として挙《あ》がり
猶《なお》霓《げい》裳《しょう》羽《う》衣《い》の舞《まい》に似《に》たり
玉《ぎょく》容《よう》寂《せき》寞《ばく》として　涙闌干《なみだらんかん》
梨《り》花《か》一《いっ》枝《し》　春《はる》　雨《あめ》を帯《お》びたり

▼飄颻　ひらひらと風に吹かれて漂うさま。「漂《ひょう》揺《よう》」とも書く。
▼霓裳羽衣舞　西域から伝わった舞曲の名。「霓《げい》裳《しょう》」は虹のように美しいスカートの意。内容は天女を歌う余韻嫋《じょう》々《じょう》としたもの。

［訳］

一陣の風が吹いて、
仙女の衣の袂はひらひらと
あたかも霓《げい》裳《しょう》羽《う》衣《い》の舞のようだ
玉のような美しい顔は寂しさにかき曇り
涙はあふれて止まらない
それは、一枝の梨の花が
雨に濡れているかのような姿

せつない

# 石・火◎光○中◎

石火光中《せっかこうちゅう》

火打ち石の火花のように、はかない人の一生。

白居易、五十八歳ごろの作品。彼の人生哲学を示す。
人生は短いのだから、貧富によらず、
愉快に過ごすべきであると詠じている。
起句では空間的に、承句では時間的に、
人の世のはかなさを詠じている。
起句は『荘子《そうじ》』の寓話《ぐうわ》を、結句は『荘子』の語句を用いている。

[詩人]
白居易《はくきょい》（唐）
七七二〜八四六
中国四大詩人の一人。詳細は130頁参照。

[詩題]
対酒
（酒《さけ》に対《たい》する）

［原詩］
蝸牛角上争何事
石火光中寄此身○
随富随貧且歓楽
不開口笑是癡人○

［詩形］
七言絶句

［押韻］
上平声十一真の韻

［読み］
蝸牛角上《かぎゅうかくじょう》
何事《なにごと》をか争《あら》う
石火光中《せっかこうちゅう》
此《こ》の身《み》を寄《よ》す
富《とみ》に随《したが》い貧《ひん》に随《したが》い
且《しば》らく歓楽《かんらく》せん
口《くち》を開《ひら》いて笑《わら》わざるは
是《こ》れ癡人《ちじん》

▼蝸牛　カタツムリ。
▼石火　火打ち石を打って発する火。きわめてわずかな時間のたとえ。
▼且　とりあえず。
▼開口笑　大きく口を開けて愉快に笑うこと。
▼癡人　愚か者。

［訳］
人間はカタツムリの角のような
小さな世界で何を争うのか
人間は火打ち石の火花のように
はかないこの世に生まれ
死んでいく
富んでいようが、貧しかろうが
とりあえず楽しもう
大きく口を開けて笑わないなんて
それは愚か者である

せつない

せつない

# 涙・不・乾。

涙《なみだ》乾《かわ》かず

涙があふれて止まらない。

岑参は、辺塞《へんさい》（辺境の地）の風物を詠った詩が多い。
このフレーズは、西域に身をおいているときの実感であろう。
西域には、ゴビ砂漠という大きな砂漠がある。
見渡すかぎり、どこまでもどこまでも砂砂砂がうち続き、
人家の煙などはどこにも見えない。孤独と絶望が心に迫る。
そんなときに人と遭遇すると、涙が自然に流れ落ちるのであろう。

［詩人］
岑参《しんじん》（唐）七一五？〜七七〇？　南陽《なんよう》（河南《かなん》省）の人。高適《こうせき》と併称されて高岑《こうしん》という。辺塞詩人《へんさいしじん》として有名。

［詩題］
逢入京使
（京《けい》に入《い》る使《つか》いに逢《あ》う）

［原詩］
故園東望路漫漫◦
双袖竜鐘涙不乾◦
馬上相逢無紙筆
憑君伝語報平安◦

［詩形］
七言絶句

［押韻］
上平声十四寒の韻

［読み］
故園《こえん》東《ひがし》に望《のぞ》めば
路《みち》漫漫《まんまん》たり
双袖《そうしゅう》竜鐘《りょうしょう》として
涙《なみだ》乾《かわ》かず
馬上《ばじょう》相《あい》逢《お》うて
紙筆《しひつ》無《な》し
君《きみ》に憑《よ》って伝語《でんご》して
平安《へいあん》を報《ほう》ぜん

［訳］
東の故里の方を眺めると
道は果てしなく遠く続いている
眺めているうちに悲しくなって
涙があふれ落ち
両袖は乾く暇《いとま》もない
馬上で出会ったのだから
手紙を書くための紙や筆もない
君に伝言を頼もう
「私は無事でいる」と

▼故園　故郷。
▼漫漫　果てしないさま。
▼竜鐘　涙が流れ落ちるさま。
▼平安　無事。

せつない

# 糸方尽

糸方《いとまさ》に尽《つ》きんとす

想いの糸が途絶えるとき。

[詩人]
李商隠《りしょういん》（唐）
八一三〜八五八
唐を代表する詩人の一人。律詩に長じる。詳細は202頁参照。

[詩題]
無題《むだい》

この詩は冒頭から悲恋のせつない思いに満ちた詠いぶりで、二句目の東風・百花も悲しみを投影した対象と見ることができる。三・四句目はこの詩の眼目というべき部分で、蚕の吐く糸が途絶え、蝋燭《ろうそく》が尽きて火が消えるときに想いが尽きるという比喩は、現代人にとっても十分心に訴えかけるリアリティをもっている。作者には一連の「無題」詩と題した恋愛詩があり、このジャンルの高峰を形成し、後世、彼の作品群の中でも高い評価を得ている。

［原詩］

相見時難別亦難。
東風無力百花残。
春蚕到死糸方尽
蠟炬成灰涙始乾。
暁鏡但愁雲鬢改
夜吟応覚月光寒。
蓬山此去無多路
青鳥殷勤為探看。

［詩形］

七言律詩

［押韻］

上平声十四寒の韻

［読み］

相見《あいみ》る時《とき》は難《かた》く 別《わか》るるも亦難《またかた》し
東風《とうふう》力《ちから》無《な》く 百花《ひゃっか》残《そこな》わる
春蚕《しゅんさん》死《し》に到《いた》りて 糸《いと》方《まき》に尽《つ》き
蠟炬《ろうきょ》灰《はい》と成《な》りて 涙《なみだ》始《はじ》めて乾《かわ》く
暁鏡《ぎょうきょう》但《た》だ愁《うれ》う 雲鬢《うんびん》改《あらた》まるを
夜吟《やぎん》応《まさ》に覚《さと》るべし 月光《げっこう》寒《さむ》きを
蓬山《ほうざん》此《ここ》より去《さ》るに 多路《たろ》無《な》し
青鳥《せいちょう》殷勤《いんぎん》に 為《ため》に探《さぐ》り看《み》よ

▼残　ここでは「そこなう」の意。
▼涙　蠟炬《ろうきょ》（蝋燭《ろうそく》）が溶けて流れる滴。
▼蓬山　蓬莱山。東海にある伝説の仙山。
▼青鳥　西王母の使者として青い色をした鳥が漢の宮殿に来たという故事（『山海経《せんがいきょう》』）から、恋心を伝える仲立ちの使者、または手紙のこと。

［訳］

会える時もなかなかないのに
会えば会ったで別れがつらい
春風は空しく花々を散らしてしまいました
春の蚕は、死に際して、その吐く糸が途絶えますし、蝋燭《ろうそく》の火は、燃え尽き灰となって、涙の滴は乾くのです
あなたは毎朝鏡に向かって、雲なす豊かな髪が色褪せるのではと思い悩み
夜はわたしが贈った詩を口ずさみ
冴えた月光の寒さを
身にしみて感じていることでしょう
あの蓬莱山《ほうらいざん》とて
ここからさほど遠いわけではなし
青い鳥よ、どうかあの女《ひと》のもとを訪ねてまごころ込めて
わたしの胸のうちを伝えておくれ

せつない

せつない

# 顔色故

顔色《がんしょく》故《ふる》びぬ

歳をとり、容貌は衰えてしまった。

琵琶《びわ》弾きの女性は十三歳で一人前になり、
化粧顔の美しさといったら、どんな美人からも妬《ねた》まれ、
貴公子は競って彼女に贈り物をしたものだが、
年とともに容貌も衰えてしまい、
門前も寂《さび》れ果ててしまったというのである。

[詩人]
白居易《はくきょい》（唐）
七七二〜八四六
中国四大詩人の一人。詳細は130頁参照。

[詩題]
琵琶行《びわこう》

［原詩］

弟走従軍阿姨死
暮去朝来**顔色故**●
門前冷落鞍馬稀
老大嫁作商人婦○
商人重利軽別離
（後略）

［詩形］

七言古詩

［押韻］

換韻

［読み］

弟《おとうと》は走《はし》って軍《ぐん》に従《したが》い
阿姨《あい》は死《し》し
暮《くれ》去《さ》り朝《あした》来《きた》って
顔色《がんしょく》故《ふる》びぬ
門前冷落《もんぜんれいらく》して
鞍馬《あんば》稀《まれ》に
老大《ろうだい》嫁《か》して
商人《しょうにん》の婦《つま》と作《な》る
商人《しょうにん》は利《り》を重《おも》んじて
別離《べつり》を軽《かろ》んず

［訳］

弟は家を出て兵士になり
養母は死んでしまった
時が経《た》つうちに容貌は衰え
門前は寂れ果て
上客の訪れも稀《まれ》になった
年増になって嫁ぎ
商人の妻となった
商人は金儲けを重んじ
別れて暮らすことを
何とも思わない

▼**阿姨**　養母。
▼**鞍馬**　上客。
▼**老大**　歳をとる。

せつない

人○未●還○

人《ひと》未《いま》だ還《かえ》らず

誰もいまだに戻らない。

［詩人］
王昌齢《おうしょうれい》（唐）
六九八〜七六五？
辺塞詩《へんさいし》、閨怨詩《けいえんし》に優れる。

［詩題］
出塞《しゅっさい》

辺境の国境守備兵の悲哀を詠んだ「辺塞詩」の名作で、唐詩の五大絶句に数えられる。

とりわけ冒頭は、名詞のみ七字配したなかに時空を超えた広がりを捉えた名句として、その格調高さは、後世敬意をもって仰がれた。

二句目「万里長征」は二十世紀、中国共産党の紅軍の、一万二千キロに及ぶ過酷な大遠征を指すことばにもなった。

［原詩］
秦時明月漢時関○
万里長征人未還○
但使龍城飛将在
不教胡馬度陰山○

［詩形］
七言絶句

［押韻］
上平声十五刪の韻

［読み］
秦時《しんじ》の明月《めいげつ》 漢時《かんじ》の関《かん》
万里《ばんり》長征《ちょうせい》 人《ひと》未《いま》だ還《かえ》らず
但《た》だ龍城《りょうじょう》の 飛将《ひしょう》在《あ》らしめば
胡馬《こば》をして 陰山《いんざん》を度《わた》らしめじ

［訳］
秦代以来照り続ける明月《めいげつ》に
漢代《かんだい》に置かれた古い関
古来万里のかなたに遠征して
誰も戻ってくる者はいない
もし、かの李将軍が今の世にいませば
敵兵に陰山《いんざん》を越させぬものを

▼出塞　詩題を「従軍行《じゅうぐんこう》」とするテキストもある。
▼人　兵士の妻が夫を指しているとする解釈もある。
▼龍城　匈奴《きょうど》が砂漠に設けた根拠地。現在の内蒙古自治区に属する。
▼飛将　漢代の名将、李広《りこう》を指す。司馬遷《しばせん》の『史記』に伝記がある。匈奴は彼を怖れて「飛将軍《ひしょうぐん》」とあだ名をつけ、彼が健在の間はあえて攻め入ってこなかったという。
▼胡馬　「胡」は漢民族が北方・西方の遊牧民族を称した言葉。この場合は匈奴の敵兵。
▼陰山　陰山《いんざん》山脈。万里の長城とゴビ砂漠に挟まれ、漢と匈奴の国境線に位置していた。

# 蘇《そ》軾《しょく》（一〇三六～一一〇一）

北宋を代表する詩人。字《あざな》は子瞻《しせん》。眉山《びざん》（四川省《しせん》）の人。父の洵《じゅん》、弟の轍《てつ》とともに、唐宋八大家《とうそうはちたいか》の一人に数えられている。

二十一歳の時、弟の轍とともに進士に及第し、二十六歳の時、弟とともに上級の官吏任用特別試験にも及第する。四十四歳、湖州《こしゅう》（浙江省呉興県《せっこうごこう》）の知事の折、朝廷の政治を誹謗《ひぼう》した詩があるとして捕らえられ、黄州《こうしゅう》（湖《こ》北省《ほく》黄崗県《こうこう》）に左遷される。五十歳の時、都に帰され、要職を歴任したが、その後、恵州《けいしゅう》（広東省《かんとん》）に流され、さらに六十二歳の時には海南島《かいなんとう》に流される。哲宗《てっそう》が崩御すると、蘇軾も赦《ゆる》されて都に向かうが、その途上、常州《じょうしゅう》（江蘇省《こうそ》）で病没する。南宋の孝宗《こうそう》のとき、文忠という諡《おくりな》を賜る。

蘇軾の詩にはユーモアが込められおり、また、警句にも富んでいる。日常の平凡な出来事を詩の題材にし、そこに人生の意味を込めて詠うという、これまでにはない詩境を開く。

蘇軾の門下からは、黄庭堅《こうていけん》、秦観《しんかん》、張耒《ちょうらい》などの文学者が輩出した。

# 第10章

# やるせない

## 人生の転変を想う

やるせない



# 哀情多

哀情多《あいじょうおお》し

ふと芽生えた哀しみが心をおおいつくす。

[詩人]
武帝《ぶてい》（漢）
前一五六～前八七年　前漢第七代の皇帝。謚号《しごう》は孝武皇帝。

[詩題]
秋風辞（秋風《しゅうふう》の辞《じ》）

華麗なる陽光が強ければ強いほど、影もまた濃い。末尾二句の落差の甚だしさはどうだろう。

漢の武帝《ぶてい》は、秦《しん》の始皇帝《しこうてい》に継ぐ、中国史上の絶対君主であった。栄耀栄華をほしいままにした彼ですら逃れられないのは、死への恐怖であった。英邁《えいまい》であったはずの彼が、始皇と同様、晩年はことに神仙の道へのめり込み、呪術にすがったことは、人の運命として偶然ではない。

［原詩］

秋風起兮白雲飛□
草木黄落兮雁南帰□
（中略）
汎楼船兮済汾河○
横中流兮揚素波○
簫鼓鳴兮発棹歌○
歓楽極兮哀情多○
少壮幾時兮奈老何○

［詩形］
七言古詩

［押韻］
換韻

［読み］

秋風《しゅうふう》起《お》こりて　白雲《はくうん》飛《と》び
草木《そうもく》黄《き》ばみ落《お》ちて　雁《かり》南《みなみ》へ帰《かえ》る
（中略）
楼船《ろうせん》を汎《うか》べて　汾河《ふんが》を済《わた》り
中流《ちゅうりゅう》に横《よこ》たわりて　素波《そは》を揚《あ》ぐ
簫鼓《しょうこ》鳴《な》りて　棹歌《とうか》を発《はっ》す
歓楽《かんらく》極《きわ》まりて　哀情《あいじょう》多《おお》し
少壮幾時《しょうそういくとき》ぞ　老《お》いを奈何《いかん》せん

▼兮　リズムを整える助辞。合いの手の類。
▼楼船　ここでは遊興用の豪華船の意。
▼汾河　現在の山西《さんせい》省を流れる河で、黄河に注ぐ。

［訳］

秋風が吹き起こって、白雲がちぎれ飛び
草木は枯れ落ちて
雁《かり》の群れは南を目指して渡る
（中略）
楼船《ろうせん》を出して、汾河《ふんが》を渡る
流れの中ほどで船を横に向けると
白波が揚がった
簫《しょう》や鼓《こ》が音曲を奏で
威勢のいい船歌が始まった
この歓楽が極まった瞬間
心に哀しみが芽生え
それはみるみるうちに拡がっていった
若き時はいくらもない
迫りくる老いをどうすることもできないのか

## やるせない

# 風◎満●楼○

風楼《かぜろう》に満《み》つ

風が楼閣を取りかこむ。

［詩人］
許渾《きょこん》（唐）
七九一～八五四？
出自は宰相の子孫。近体詩の評価が高い。

［詩題］
咸陽城東楼
（咸陽城《がんようじょう》の東楼《とうろう》）

懐古の詩。作者は古都の荒廃に人間の栄枯盛衰を見、不変の存在として、渭水の流れがその対極にある。冒頭の句は、「一」と「万」の配置が巧み。「愁」字が詩全体のイメージを覆う。三・四句、五・六句が対句を形成する。遠景から近景へと視点が移り、構成が立体的になる効果を生む。第四句は、変事の前ぶれ、状況が穏やかでないさまをあらわす言葉として、日本でも政変の際などに見かける名句である。

**やるせない**

[原詩]

一上高城万里愁○
蒹葭楊柳似汀洲○
渓雲初起日沈閣
山雨欲来**風満楼**○
鳥下緑蕪秦苑暮
蝉鳴黄葉漢宮秋○
行人莫問当年事
故国東来渭水流○

[詩形]

七言律詩

[押韻]

下平声十一尤の韻

[読み]

一《ひと》たび高城《こうじょう》に上《のぼ》れば万里《ばんり》愁《うれ》う
蒹葭《けんか》楊柳《ようりゅう》 汀洲《ていしゅう》に似《に》たり
渓雲《けいうん》初《はじ》めて起《お》こり 日《ひ》 閣《かく》に沈《しず》み
山雨《さんう》来《き》たらんと欲《ほっ》して
風《かぜ》 楼《ろう》に満《み》つ
鳥《とり》は緑蕪《りょくぶ》に下《くだ》る 秦苑《しんえん》の暮《くれ》
蝉《せみ》は黄葉《こうよう》に鳴《な》く 漢宮《かんきゅう》の秋《あき》
行人《こうじん》問《と》うこと莫《な》かれ 当年《とうねん》の事《こと》
故国東来《ここくとうらい》して 渭水流《いすいなが》る

▼咸陽　秦《しん》王朝の都があったところ。
▼蒹葭　荻《おぎ》と葦《あし》。
▼汀洲　みぎわ。川辺の砂地。
▼初　～したばかりの意。
▼渭水　黄河最大級の支流。咸陽《かんよう》、長安両都は、この流域に発展した。

[訳]

ひとたびその高殿に上って、あたり一面の景色を見ると、悲愁感がただよう
荻《おぎ》や葦《あし》、柳が無造作に伸びて、まるで川辺の汀《みぎわ》のようにすっかり荒れ果てているではないか
谷間から雲が湧き出たかと思いきや、日ははや高殿の向こうに没しつつあり、山あいから雨の予兆か、風がこの楼閣を取り囲む
鳥が蕪地《あれち》に下りて止まり、かつての秦《しん》の御苑に日が暮れてゆく
蝉《せみ》が黄ばんだ木々の間で鳴き、いにしえの漢の宮殿跡にも秋の気配が感じられる
旅のお方よ、秦漢当時の栄華のことなど問うてはならないのだ
この古都で変わらないのは、東へ向かう渭《い》水《すい》の流れしかないのだから

# 流○蛍○飛○

流蛍飛《りゅうけいと》ぶ

盛りを過ぎた蛍の光。

［詩人］
謝朓《しゃちょう》（斉）
四六四〜四九九
韻律美を重んじた繊細優美な山水詩を得意とした。

［詩題］
玉階怨《ぎょくかいえん》

寵愛を失った宮女の嘆きを詠う。一句目の夕陽に照らされる簾《すだれ》、二句目の闇に浮かぶ蛍は色彩的にも注目すべきだが、同時に女性の心象を描いていることはもちろんである。後半二句も、ひとりきりのわが身を悲しく思う女心のやるせなさが、あますところなく描かれていてあわれを誘う。

[原詩]

夕殿下珠簾
**流蛍飛復息**●
長夜縫羅衣
思君此何極●

[詩形]

五言古詩

[押韻]

入声十三職の韻

[読み]

夕殿《せきでん》 珠簾《しゅれん》を下《お》ろし
流蛍《りゅうけい》 飛《と》んで復《ま》た息《いこ》う
長夜《ちょうや》 羅衣《らい》を縫《ぬ》う
君《きみ》を思《おも》う 此《ここ》に何《なん》ぞ極《きわ》まらん

▼玉階　宝玉で飾った階段。宮殿のきざはし。
▼珠簾　真珠をちりばめた簾。実際に真珠は使われず、美詞であった可能性が大きい。
▼流蛍　夏の盛りを過ぎた蛍。秋口まで生き残って、哀れなさまを見せている。
▼羅衣　織り目がすける薄い絹織物。薄物。
▼何極　反語。限りないさまを強調する。

[訳]

暮れなずむ宮殿は
真珠の簾《すだれ》を下ろして静まりかえって
盛りを過ぎた蛍が
時たま力なく光っては消えてゆきます
秋の夜長
私はひとり薄絹の衣を縫って過ごします
あなたをひとり思う切なさは
他にたとえようもありません

やるせない

紙《し》筆《ひつ》を好《この》まず

# 不好紙筆

(子《こ》どもたちは) 勉強がきらい。

[詩人]
陶淵明《とうえんめい》(東晋)
三六五〜四二七
隠逸詩人。田園詩人。詳細は40頁参照。

[詩題]
責子
(子《こ》を責《せ》む)

田園詩人、隠逸詩人の祖と呼ばれる陶淵明が、隠者生活を送っていた四十四歳のころに作った作品。「責子」(子を責む) という作品には、五人の子どもが描かれている。八歳から十六歳までの子どもたちが「揃いもそろって馬鹿である」と嘆いているのであるが、本当にそうなのであろうか。息子たちを無能者に仕立て上げて、静かな隠者生活を送りたいのである。

〔原詩〕
白髪被両鬢
肌膚不復実●
雖有五男児
総不好紙筆●
（後略）

〔詩形〕
五言古詩

〔押韻〕
入声四質の韻

〔読み〕
白髪《はくはつ》両鬢《りょうびん》に被《おお》い
肌膚《きふ》復《ま》た実《み》たず
五男児《ごだんじ》有《あ》りと雖《いえど》も
総《すべ》て紙筆《しひつ》を好《この》まず

〔訳〕
白髪が両方のもみあげに
被《かぶ》さってくるような年になって
肌も衰えてかさかさになった
私には五人の男の子がいるが
揃いもそろって勉強が好きではない

▼不復実　皮膚がかさかさになること。

やるせない

やるせない

# 花◦濺◉涙•

花《はな》にも涙《なみだ》を濺《そそ》ぐ

花を見ても、涙がこぼれ落ちる。

［詩人］
杜甫《とほ》（唐）
七一二～七七〇
詩聖。中国四大詩人の一人。古詩・律詩を得意とする。
詳細は112頁を参照。
［詩題］
春望《しゅんぼう》

杜甫四十六歳、長安に軟禁されていたときの作品。杜甫の代表作。殊に、首聯《しゅれん》（第一句と第二句）は〝古今の絶唱〟と言われ、松尾芭蕉が『奥の細道』（平泉の条の冒頭）に引いているのは、あまりにも有名である。

戦乱の時節には、美しく咲く牡丹《ぼたん》の花を見ても自然に涙がこぼれ落ちる。戦争は美を観賞する心まで奪うのだ。

〔原詩〕

国破山河在
城春草木深○
感時**花濺涙**
恨別鳥驚心○
（後略）

〔詩形〕
五言律詩

〔押韻〕
下平声十二侵の韻

〔読み〕

国破《くにやぶ》れて
山河《さんが》在《あ》り
城春《しろはる》にして
草木深《そうもくふか》し
時《とき》に感《かん》じては
花《はな》にも涙《なみだ》を濺《そそ》ぎ
別《わか》れを恨《うら》んでは
鳥《とり》にも心《こころ》を驚《おどろ》かす

▼国　国都。
▼城　町。長安を指す。
▼時　時節
▼花　唐代の花は牡丹《ぼたん》を指す。

〔訳〕

国都は破壊されてしまったが
山や川は昔のままに在る
荒れ果てた町にも春が巡ってきて
草や木は深々と生い茂った
戦乱の時節を思うと
牡丹《ぼたん》の花を見ても涙がこぼれ落ち
家族との別れを悲しんでは
鳥の囀《さえず》りにも心が傷む思いがする

## やるせない

# 耳◉聾○

耳聾《みみろう》す

耳が衰えて聞こえなくなった。

杜甫最晩年の流浪期の作。三句目は視覚、四句目は聴覚的表現。五・六句目は完全な対句を構成し、末尾は触角的表現で締めくくる。己《おのれ》の経世済民《けいせいさいみん》の志がもはや受け入れられない、と諦観した杜甫は、詩作に没頭し、後世に対しても含めて、メッセージとして最期まで発信し続けた。

季節感はまず耳でキャッチするものという。音から隔てられてなお、それを詩作に反映させる作者の執念に、慄然とする。

［詩人］

杜甫《とほ》（唐）

七一二～七七〇

詩聖。中国四大詩人の一人。古詩・律詩を得意とする。詳細は112頁を参照。

［詩題］

耳聾

（耳聾《みみろう》す）

［原詩］

生年鶡冠子
歎世鹿皮翁○
眼復幾時暗
耳従前月聾○
猿鳴秋涙缺
雀噪晩愁空○
黄落驚山樹
呼児問朔風○

［詩形］

五言律詩

［押韻］

上平声一東の韻

［読み］

生年《せいねん》　鶡冠子《かつかんし》
世《よ》を歎《なげ》く　鹿皮翁《ろくひおう》
眼《め》は復《ま》た　幾時《いくとき》か暗《くら》き
耳《みみ》は前月《ぜんげつ》より聾《ろう》す
猿《さる》鳴《な》くも　秋涙《しゅうるい》缺《か》け
雀《すずめ》　噪《さわ》ぐも　晩愁《ばんしゅう》空《むな》し
黄落《こうらく》して　山樹《さんじゅ》に驚《おどろ》き
児《じ》を呼《よ》んで　朔風《さくふう》を問《と》う

▼鶡冠子　鹿皮翁《ろくひおう》ともども伝説の隠者。
▼猿鳴　「断腸」の故事でも知られるように、その鳴き声は悲哀を催すものとされる。
▼驚　はっとして気づく意。
▼朔風　北風。「朔」ははじめの意。十二支の最初の子が北をあらわすことから。朔北ともいう。

［訳］

わたしの生まれ年は
いまや老隠者の鶡冠子《かつかんし》と並び
鹿皮翁《ろくひおう》さながらに
この世相を歎いている
眼はいつ見えなくなるかも知れないし
耳もすでに前の月から聞こえない
猿が鳴いても、秋の移ろいを悲しんで涙を
流すことはなく
雀のさえずりにも、夕暮れ時のあわれさを
感じられなくなった
山の木の葉が黄ばみ落ちて
ようやくはっと気がついて
息子に声をかけ
北風が吹いたかを問うてみた

# 傷往時

往時《おうじ》を傷《いた》む

過ぎ去りし日々を傷ましく思う。

［詩人］
劉《りゅう》禹《う》錫《しゃく》（唐）
七七二～八四二
詩風は硬派で雄勁《ゆうけい》と評される。柳《りゅう》宗元《そうげん》、白居易《はくきょい》と親交が篤かった。

［詩題］
西塞山懐古《さいせいざんかいこ》

詩全体を通読すれば、「往時」とは歴史上の出来事であることがわかる。時は「三国志」の時代の末、三国のうち唯一残った呉が晋に滅ぼされた故事を詠む。

律詩の定型に則って、三・四句と五・六句がそれぞれ対句。前半四句は語彙の構成がよく似ており、史実を述べる。後半四句は、移ろいゆく人の世と、不変の自然との対比で、懐古詩《かいこし》の常套的な表現である。

# やるせない

［原詩］

王濬楼船下益州○
金陵王気黯然収○
千尋鉄鎖沈江底
一片降旛出石頭○
人生幾回傷往時
山形依旧枕寒流○
従今四海為家日
故塁蕭蕭蘆荻秋○

［詩形］

七言律詩

［押韻］

下平声十一尤の韻

［読み］

王濬《おうしゅん》の楼船《ろうせん》 益州《えきしゅう》より下《くだ》り
金陵《きんりょう》の王気《おうき》 黯然《あんぜん》として収《おさ》まる
千尋《せんじん》の鉄鎖《てっさ》 江底《こうてい》に沈《しず》み
一片《いっぺん》の降旛《こうはん》 石頭《せきとう》より出《い》づ
人生幾回《じんせいいくかい》 往時《おうじ》を傷《いた》む
山形旧《さんけいもと》に依《よ》りて 寒流《かんりゅう》に枕《のぞ》む
今《いま》より四海《しかい》 家《いえ》と為《な》るの日《ひ》
故塁蕭《こるいしょう》 蕭《しょう》たり 蘆荻《ろてき》の秋《あき》

▼西塞山　武昌《ぶしょう》（現在の湖北省《こほく》武漢市《ぶかん》）の郊外にあった山名。古戦場として有名。
▼王濬　晋《しん》の武将。長江下流域の呉《ご》を滅ぼす際に水軍を率いて、殊勲者となった。
▼益州　長江上流の蜀《しょく》の地。現在の四川《しせん》省。当時、王濬は刺史（長官）であった。
▼金陵　現在の江蘇《こうそ》省南京《なんきん》市。当時は呉の都石頭城《せきとうじょう》があり、建業と呼ばれた。

［訳］

王濬《おうしゅん》率いる水軍が
益州《えきしゅう》より攻め下ってきて
金陵《きんりょう》の呉王《ごおう》の運気は
暗くしぼんだものとなってしまった
防御のために設けられた長い鉄の鎖の線も
突破されて川底に沈み
降参の旗印が、石頭城《せきとうじょう》からあらわれた
この世はあまたの栄枯盛衰があり
過ぎ去りし日々を傷ましく思う
一方、この山は昔のままで
寒々とした長江の流れに臨んでいる
今では天下が統一されているが
古のとりででは
もの悲しい秋風が芦や荻に吹くばかりだ

# 陸《りく》游《ゆう》（一一二五～一二〇九）

范成大《はんせいだい》（一一二六～一一九三）、楊万里《ようばんり》（一一二七～一二〇六）とともに、南宋の三大詩人に数えられている。愛国詩人と称されている。字《あざな》は務観《むかん》。号《ごう》は放翁《ほうおう》。越州《えっしゅう》山陰《さんいん》（浙江《せっこう》省紹興《しょうこう》市）の人。

二十歳の頃、結婚したが、母の命令で離婚。三十歳の時、科挙に応じ好成績をあげたが、宰相秦檜《しんかい》の妨害で落第した。秦檜の死後、紹興二八年（一一五八）に寧徳《ねいとく》県主簿となり、紹興三二年に召されて、枢密院編修官となる。その後、鎮江《ちんこう》通判《つうはん》（副知事）などを歴任し、淳熙《じゅんき》二年（一一七五）、范成大に招かれて成都に赴く。淳熙八年、水害に遭った農民に独断で官有米を与えて免職になる。淳熙一三年、再び知事代理として建徳《けんとく》（浙江《せっこう》省）に赴任し、軍器《ぐんき》少監《しょうがん》に任じられたが、光宗《こうそう》が即位すると、主戦論者である陸游は免職となり、以後二十年間は故里紹興で晴耕雨読の生活を送る。

陸游の詩は初めは江西《こうせい》派の影響を受けていたが、やがては独自の詩境を開く。自ら編集した『剣南《けんなん》詩集』には一万首の作品が残されている。

# 付録

# 漢詩を味わうための 基礎知識

## ❖漢詩とは

日本人が一般に「漢詩」という場合は、「中国の古典詩」を指し、あわせて、その形式にのっとって日本人の作ったものも含まれます。しかし、中国ではあくまで「漢代の詩」という限定的な意味でのみ使われています。つまり、唐詩、宋詩などと時代区分して呼ぶもののひとつであるわけです。

「漢」はもともと川の名でしたが、その地から興った政権が天下を統一したことから、国名となりました。中国を初めて統一した秦《しん》（始皇帝で有名）がわずか十五年で滅んだあとを承《う》けて、漢は初の本格的な大帝国として四百年の命脈を保ち、シルクロードを開拓するなどの繁栄を謳歌し、いわば〝原中国〟の形成期ともいうべき時代でした。

そこで古来日本人は、漢詩のほかにも、漢字、漢文、漢学というふうに、漢を中国の代名詞として使ってきたのです。中国で古典詩を総称していう際には、現代語による新体詩に対する「旧詩」（旧体詩）という言葉を用いる場合が多いようです。ここでは従来の意味で、「漢詩」の語を用いることにします。

### ❖漢詩の流れ

中国に現存する最古の詩集である『詩経《しきょう》』は、周初（前一一〇〇頃）から春秋の中頃（前六〇〇頃）までの詩を集めており、それを孔子《こうし》（前五五二〜前四七九）が三百五編に編纂したといわれているものです。主に中国北方の黄河中流域の歌謡が収められていますが、古くは単に「詩」とか「詩三百」などと呼ばれていました。それが「経」の字をつけて『詩経』と称されたのは宋代以降です。

『詩経』には「大序」と呼ばれる序文があり（のちに日本で『古今和歌集』が序文を付した由来はここにあります）、そのなかに「詩は志の之《ゆ》く所なり」という文句があります。つまり詩は己の心情を詠うものであり、とりわけ政治的な抱負を述べるべきものだという主張です。詩に限らず、中国の文学は著しく政治性が強いのですが、その原因は、このような儒教の文学観にあるといえましょう。

一方、戦国時代になると、南方の長江中流域、楚《そ》の国に、『詩経』に遅れること約三百年後、紀元前三百年頃、『楚辞《そじ》』（辞はことばの意）が登場します。屈原《くつげん》、宋玉《そうぎょく》らの作品を収めています。幻想的・神秘的かつ宗教的・浪漫的な雰囲気が濃厚で、北方の詩経の現実的・写実的なものとはまったく異なるタイプの文学です。

漢代（前漢の時代）に入ると、初期は楚辞調の「ますらおぶり」（力強く大らかな歌風）が流行します。本書に収めた漢の武帝《ぶてい》の作品などは、その代表的なものです。西暦紀元を過ぎて後漢の時代になると、一句の字数が五文字の、いわゆる五言詩が成立します。後世スタンダードなかたちとして定着する詩型です。五言詩初期の秀作には、「古詩十九首」と呼ばれる作品群が挙げられ、別離や死へのおそれ、悲しみといった普遍的なテーマを詠いました。

魏晋南北朝《ぎしんなんぼくちょう》時代（六朝《りくちょう》時代ともいう）は、戦乱のなかにも華麗な貴族文化が開花し、書や絵画といった芸術の分野でも目ざましい発展があり、文学理論が興ったことでも注目される時代です。この時代の大きな特徴は、名のある人々が詩作に手を染めるようになったことです。「三国志」の英雄として名高い曹操《そうそう》父子とその配下の「建安七子《けんあんしちし》」と呼ばれる文人たちは、文学サロンを形成してともに切磋琢磨する間柄であり、それに続いて登場した「竹林の七賢《ちくりんのしちけん》」も、老荘思想の影響下で、自由人として生きた人々でした。貴族文化のなかで洗練されていくうちに、詩はますます修辞美（言語表現の美しさ）を重視するようになり、レトリックを駆使し、華麗でかつ細やかな感情を詠うことに傾いていきました。
そんな流行に背を向け、平易な表現のなかに生きる意味を問いかけた陶淵明《とうえんめい》は、日本でもファンの多い詩人の一人です。その詩を噛みしめ味わうと、田園詩人や隠逸詩人という呼称に収まりきらない深みが感じられます。また、大貴族出身の謝霊運《しゃれいうん》は純粋な自然美を詠い、山水詩の大成者として記憶される人物です。陶淵明のように生活者としての視点ではなく、謝霊運の場合は、自然のなかに鑑賞すべき美を発見し、それを巧みな言語表現で彩るところに特徴があります。志を詠う伝統の束縛から、大きな一歩を踏み出した現象といえるでしょう。

唐代になり、中国は詩の黄金期を迎えました。文学史では便宜上、初唐《しょとう》、盛唐《せいとう》、中唐《ちゅうとう》、晩唐《ばんとう》の四期に分類されています。

最初の約百年間が初唐で、前代以来の華美な詩風が引き継がれつつも、新興の気に溢れていました。

続く五十年間が盛唐で、楊貴妃とのロマンスで有名な玄宗《げんそう》皇帝の治世とほぼ一致します。山水描写に優れた王維《おうい》、豪放でロマンティックな李白《りはく》、戦乱に虐げられた人々を見つめる社会派の杜甫《とほ》は盛唐の三大詩人と呼ばれ、それぞれ、詩仏《しぶつ》、詩仙《しせん》、詩聖《しせい》と称されます。とりわけ、李白と杜甫は漢詩の歴史上で最高峰というべき存在で、本書の収録数も自然と多くなりました。

七五五年に突如起こった安史《あんし》の乱は、唐朝の土台骨を揺るがす大事件で、詩風の変遷にも大きな影響を与えました。その後約七十年間続く中唐は、乱が平定されて社会秩序は回復したものの、王朝の権威は無力化し、さまざまな矛盾が表面化してきた時期といえましょう。代表的詩人としては、白居易《はくきょい》（本名よりも字《あざな》の楽天《らくてん》で有名です）がまず挙げられます。平易な表現のなかに深い思索がうかがわれ（詩ができると、文盲の老婆に読んで聞かせたと伝えられています）、平易で物語性に富む「長恨歌《ちょうごんか》」は多くの人々に読まれ、平安朝の貴族たちにとって不可欠の教養となったことはよく知られています。また、「鬼才」と称された李賀《りが》も、この時期に登場しました。韓愈《かんゆ》の門下生でしたが、困窮のうえ病弱で、不遇のまま二十七歳で生涯を閉じています。

滅亡までの最後の約七十年間が晩唐です。宮廷は派閥抗争に明け暮れ、社会には閉塞的な空気が蔓延し、詩人は政治に意欲を持てぬまま自分自身の殻に閉じこもり、詩風も唯美的で感覚的な色あいが濃厚です。この時期には、杜牧《とぼく》や李商隠《りしょういん》、温庭筠《おんていいん》があらわれました。

宋代は、熾烈な試験地獄として有名な、官僚選抜システムの「科挙」（すでに初唐の時代から、試験科目に作詩が課されるようになっていました）が確立され、庶民生活の著しい向上とも相まって、中国史上近世が幕を開けたとされる時代です。ここで、元来、中国には職業詩人は存在しなかったことを、あらためて強調しておきます。詩作に携わった知識人たちは、その多くが高級官僚として社会的責務を負った為政者、実務家であったのです。

さて、宋詩の特色は、日常生活のなかの、身のまわりの事物を理知的に詠もうとする傾向が強いことです。唐詩が芳醇な酒であるのに対して、宋詩は淡泊な茶にもたとえられます。感情自体を高揚するままに謳いあげる唐詩とは対照的で、センチメンタルに陥ることを避け、抑制的で、詩精神の代わりを哲学的な議論などの理屈で埋めようとしました。北宋期を代表する詩人は蘇軾《そしょく》（蘇東坡《そとうば》の号で知られる）で、文芸全般にわたってマルチな才人ぶりを発揮し、南宋では陸游《りくゆう》が最大の詩人とされ、自然を愛し、憂国の情を詠いました。

以後、元、明、清と王朝は続きますが、時代や文壇によって唐詩に傾いたり、宋詩を重んじたりといった流行があって、この揺れのなかで中国詩史は終焉に向かっていきます。

明代は、詩人の枠に収まらない、多様な資質を持った読書人、文人たちが登場して活躍し、末期には精神の解放を求める動きも見られ、地域的には長江下流の江南地方が文化をリードしました。清朝もおおむねこの流れを踏襲しますが、異民族である満州族の統治下で、社会批判など時事的なテーマは鳴りをひそめ、実証的な学問研究が主流となりました。宋代にあらわれた「詩話《しわ》」と呼ばれる、古今の詩に対する評論も多く著されています。

## ❖漢詩のテーマとジャンル

日本文学を代表するテーマが恋愛なら、中国のそれは、突き詰めれば政治であることはすでにふれました。漢詩には、友情、特に別離の悲しみを詠う作品が多いのも大きな特徴のひとつですが、ここで、唐代に出揃った、これらの主要なジャンルについて列挙し、簡単にまとめておきましょう。

●詠懐詩《えいかいし》……自分の思いを詠うもの
●詠史詩《えいしし》……歴史的な事柄について詠うもの
●詠物詩《えいぶつし》……事物やその名を題材に詠うもの

●宮《きゅう》体詩《たいし》……官能的な女性を描写して詠うもの
●玄言詩《げんげんし》……老荘思想をベースに、哲学的な内容を詠うもの
●公讌詩《こうえんし》……宴席や遊楽の集いで詠まれたもの
●山水詩《さんすいし》……叙景詩。自然美を詠うもの
●辺塞詩《へんさいし》……辺境地帯の荒涼とした情景と、異民族との戦乱を詠うもの
●遊仙詩《ゆうせんし》……仙人世界への憧れを空想的に詠うもの

また、中唐の白居易が自身の詩を分類した部立てとして、次のようなものがあります。

●諷喩詩《ふうゆし》……政治、社会批判
●閑適詩《かんてきし》……日常生活のなかの愉しみ
●感傷詩《かんしょうし》……自己の心境を詠う
●雑律詩《ざつりつし》……その他

❖漢詩の形式

漢詩は、形式上、古詩《こし》と今体詩《きんたいし》とに大きく分けられます。

古詩（古体詩ともいいます）は、唐代以前の古いかたちの詩です。一句（一行）が四字、五字、七字のものがあり、それぞれ四言古詩《しごんこし》、五言古詩《ごごんこし》、七言古詩《しちごんこし》と呼ばれるほか、字数がばらばらの雑言古詩《ざつごんこし》もあります。句数も自由で、句末に韻を踏む（同じ系列の音の漢字を並べて響きを共通にさせること。押韻《おういん》ともいう）場合も、一つで通しても（一韻到底《いちいんとうてい》）、途中で変更（換韻《かんいん》）しても構いません。

一方、今体詩（近体詩ともいいます）は唐代に完成された詩形で、厳密なルールにのっとって作詩されることが求められます。今体詩には句数によって三種類あり、四句からなるものを絶句《ぜっく》、倍の八句からなるものを律詩《りっし》、十句以上の偶数句で、おおむね十二句からなるものを排律《はいりつ》（長律）といいます。句数は五言と六言と七言がありますので、①五言絶句、②六言絶句、③七言絶句、④五言律詩、⑤七言律詩、⑥五言排律、⑦七言排律、の七パターンということになります（ただし、六言絶句と七言排律は多くありません）。

押韻は、五言の場合は偶数句末、七言の場合は偶数句末プラス第一句にも行われ、途中で韻字を変えることはありません。その原則に合致しない破格のものもないわけではなく、

## 詩形の分類

| 詩体 | | 詩形 | 句数 | 押韻 | | 平仄《ひょうそく》 |
|---|---|---|---|---|---|---|
| 古体詩 | 古詩 | 四言古詩<br>五言古詩<br>七言古詩 | 自由 | 不定<br>一般に偶数句尾 | 一韻到底<br>換韻（転韻）<br>通押韻 | ゆるやか |
| | 楽府《がふ》<br>歌行《かこう》 | 雑言楽府<br>五言楽府<br>七言楽府 | | 不定 | | |
| 近体詩（今体詩） | 律詩 | 五言律詩<br>七言律詩 | 8 | 偶数句尾（七言では第一句尾も） | 一韻到底（平韻の一韻だけ） | 一定 |
| | | 五言排律（長律）<br>（七言排律） | 10以上 | | | |
| | 絶句 | 五言絶句<br>（六言絶句）<br>七言絶句（小律） | 4 | | | |

それらは拗体《おうたい》と呼ばれます。

唐代以後はこの今体詩が詩作の主流となりましたが、古詩も相変わらず作られ続けましたので、古詩が古くて今体詩が新しいというのは正しくありません。

絶句と律詩の構成について、もう少し詳しく説明しましょう。

四句からなる絶句は、内容の展開上、「起承転結《きしょうてんけつ》」のスタイルになっているものが一般的です。第一句が起句（うたい起こし）、第二句が承句（そのまま承けて展開）、第三句が転句（話題が急転）、第四句が結句（まとめて結ぶ）という四部からなり、まるで新聞の四コマ漫画のようです。

一方、八句からなる律詩は二句をひとまとまりとして扱い、順に、首聯《しゅれん》、頷聯《がんれん》、頸聯《けいれん》、尾聯《びれん》（あたま、あご、くび、しりの意。聯＝連）と名づけられています。頷聯と頸聯には、それぞれ対句（意味や文法構造の同じ二句を対照的に並べる）を作らなければなりません（これに限らず、中国人はとにかく「対」を好みます）。対句はテクニックを示す絶好の見せ所ですので、装飾的な要素が強く、首聯と尾聯をダイレクトに結んで、詩の大まかな意味を取ることが可能です。五言の句は二・三、七言の句は四・三（二・二・三）と分けて読むと、意味のつながりやリズムが取りやすくなります。

また、詩形にはそれに見合った内容があります。漢代に、楽府《がふ》と呼ばれる詩があらわれました。民歌の系統を引き、器楽の伴奏を伴う歌辞をいうのですが、絶句はこの延長線上にあらわれて、宴席などで即興的に詠われるものが多かったようです。律詩のほうは、宮廷で雅びなジャンルとして主流を占めた、賦《ふ》と呼ばれる長大な叙事詩がその来源とされています。緻密な構成を必要とするので、客観的な叙述に向き、詩作の真髄ともいえる詩形です。李白が絶句を得意とし、杜甫が律詩に優れたという「李絶杜律《りぜつとりつ》」という評価は、ふたりの扱うテーマや好み、性格の違いや傾向などが反映しています。

### ❖平仄でリズムに変化をつける

やや専門的になりますが、平仄《ひょうそく》についても触れておきましょう。すべての漢字には音がありますが、その響きによって平字《ひょうじ》と仄字《そくじ》に分類されます。平字は、平らに発音して高低がないものをいい、数が多いために上平声《じょうひょうしょう》と下平声《かひょうしょう》に細分されます。仄字は調子が変化する音のことで、上声《じょうしょう》、去声《きょしょう》、入声《にっしょう》の三種に分かれます。現代中国語のアクセント「四声《しせい》」は、上平声・下平声・上声・去声が、それぞれ第一声から第四声にほぼ充当します。上声は語尾が上がる音、去声は高いところから急降下する音、入声はアルファベットのp、t、k（日本の漢字音では、フ、ツ、ク、チ、キ）で終わるつまる音で、現代中国語（標準語）ではすでに失われ、平板な発音に変化しています。

**七言絶句の平仄式**

| 仄起式 | | | | | | | | 平起式 | | | | | | | |
|---|---|---|---|---|---|---|---|---|---|---|---|---|---|---|---|
| 仄韻 | | | | 平韻 | | | | 仄韻 | | | | 平韻 | | | |
| ◑ | ◐ | ◐ | ◑ | ◑ | ◐ | ◐ | ◑ | ◐ | ◑ | ◑ | ◐ | ◐ | ◑ | ◑ | ◐ |
| ● | ○ | ○ | ● | ● | ○ | ○ | ● | ○ | ● | ● | ○ | ○ | ● | ● | ○ |
| ◐ | ◑ | ◑ | ◐ | ◐ | ◑ | ◑ | ◐ | ◑ | ◐ | ◐ | ◑ | ◑ | ◐ | ◐ | ◑ |
| ○ | ● | ● | ○ | ○ | ● | ● | ○ | ● | ○ | ○ | ● | ● | ○ | ○ | ● |
| ○ | ● | ○ | ○ | ◑ | ○ | ● | ◑ | ○ | ◑ | ○ | ○ | ● | ○ | ◑ | ● |
| ● | ○ | ○ | ● | ● | ○ | ○ | ● | ○ | ● | ● | ○ | ○ | ● | ● | ○ |
| ◉ | ○ | ◉ | ◉ | ◎ | ● | ◎ | ◎ | ◉ | ○ | ◉ | ◉ | ◎ | ● | ◎ | ◎ |

注：○は平声、●は仄声、◎は平韻字、◉は仄韻字、◐は平または仄（平が原則）、◑は仄または平（仄が原則）を表す。

　この概念が理論化されたのは南北朝時代（南朝の梁《りょう》）で、今体詩では、リズムが単一に流れてしまうことを防ぎ、抑揚に変化をつけるために、その位置についての規則が厳しく定められていて、第一句目の二字目が平字なら平起こり、仄字なら仄起こりという配列になります。ここでは七言絶句の平仄式だけを図示しておきたいと思います。

　平仄や韻字を調べるには、専門的には韻書《いんしょ》と呼ばれる書物に当たらねばなりませんが、漢和辞典で手軽に知ることができます。梁の武帝が当時の学者に四声について訊ねたとき、「天子聖哲がそれでございます」と答えたという逸話があります。それぞれが平上去入に当たるかどうか、調べてみてください。日本語でも、「平仄があわない」とは、つじつまがあわないという意味で広く使われています。本書に収録した各詩のフレーズには、平字に○を、仄字に●を、両用に◉の印をつけましたので、参考にしてください。

また、押韻についても具体的に明示しました。韻字の分類は、最もスタンダードな「平水韻《へいすいいん》」に依っています。これは、南宋から元の時代（十三世紀）にかけて編集されたもので、各地の方言の違いを克服し、中国全土に通用するように考慮されたもので、漢字を一〇六の韻に分類整理して（上平声15、下平声15、上声29、去声30、入声17）、それぞれを代表する親字で示したものです。唐代以降の今体詩はこの体系によって説明でき、現代でも、これに従えば規格に合致した作詩をしたことになります。韻の分類とそのもとに属する親字を知るには、「韻目表」で一覧するのが便利です（次頁参照）。

漢詩、特に今体詩には束縛が多すぎて窮屈で、感情を率直に表現できない、あるいはパターン化しているという批判がある一方、詩人が極限まで感性を研ぎ澄ませ、言葉が吟味されたからこそ、格調が保たれたという側面も否定できません。中国の詩人たちは、網の目のような規則をクリアしながら自在に詩を作り、新境地を開拓しました。同じ漢字の国の人間とはいえ、驚嘆のほかありません。

## 詩韻の韻目表

| 平仄 | 四声 | | 圏点 | 一〇六韻（平水韻） |
|---|---|---|---|---|
| 平 | 平声（30韻） | 上声（15韻） | ◺ | 東[1] 冬[2] 江[3] 支[4] 微[5] 魚[6] 虞[7] 斉[8] 佳[9] 灰[10] 真[11] 文[12] 元[13] 寒[14] 刪[15] |
| | | 下声（15韻） | | 先[1] 蕭[2] 肴[3] 豪[4] 歌[5] 麻[6] 陽[7] 庚[8] 青[9] 蒸[10] 尤[11] 侵[12] 覃[13] 塩[14] 咸[15] |
| 仄 | 上声（29韻） | | ◤ | 董[1] 腫[2] 講[3] 紙[4] 尾[5] 語[6] 麌[7] 薺[8] 蟹[9] 賄[10] 軫[11] 吻[12] 阮[13] 旱[14] 潸[15] 銑[16] 篠[17] 巧[18] 皓[19] 哿[20] 馬[21] 養[22] 梗[23] 迥[24] 有[25] 寝[26] 感[27] 琰[28] 豏[29] |
| | 去声（30韻） | | ◥ | 送[1] 宋[2] 絳[3] 寘[4] 未[5] 御[6] 遇[7] 霽[8] 泰[9] 卦[10] 隊[11] 震[12] 問[13] 願[14] 翰[15] 諫[16] 霰[17] 嘯[18] 効[19] 号[20] 箇[21] 禡[22] 漾[23] 敬[24] 径[25] 宥[26] 沁[27] 勘[28] 豔[29] 陥[30] |
| | 入声（17韻） | | ◢ | 屋[1] 沃[2] 覚[3] 質[4] 物[5] 月[6] 曷[7] 黠[8] 屑[9] 薬[10] 陌[11] 錫[12] 職[13] 緝[14] 合[15] 葉[16] 洽[17] |

## ❖漢詩を味わう

古来、日本人は漢文訓読によって中国文化を吸収し、自国の文化を形作ってきたことは周知の事実です。短歌や俳句などの文語定型詩にはない独特の味わいが訓読漢詩にはあり、日本における文語自由詩として積極的に評価する学説があるのもうなずけます。

しかし、それだけではやはりおもしろさは半減してしまいます。和歌を持ち出すまでもなく、どの国の詩歌にも原語が持つリズム感というものがあります。現代中国語の発音ができなくても、日本の漢字音で頭から下へ音読すれば、リズムや韻を意識することができます。ぜひ訓読と併用してみてください。訓読も一種の翻訳ともいうべきものですから、読みかたや解釈はひとつではありません。

国破山河在
城春草木深
感時花濺涙
恨別鳥驚心

これは杜甫の「春望」の前半です。「国破《くにやぶ》れて山河《さんが》在《あ》り　城春《しろはる》にして草木深《そうもくふか》し」と読んで覚えた方も多いのではないでしょうか。

一句目の「春」は、一見すると名詞に見えますが、「国破れて…」と「城春にして…」は対句であり、「破」を動詞とすれば、「春」も「春になっている」「春めく」という状態や様子を表します。また、一句目末の「在」は動詞ですから、二句目末の「深」も単なる形容詞ではなく「深まりつつある」というふうに動的にとらえるべきです。いずれも、漢文では同じく「状語」(日本語では動詞、形容詞、形容動詞に三分割されます)と分類されます。三・四句目は、花や鳥を主語として、「時《とき》に感《かん》じては花《はな》は涙《なみだ》を濺《そそ》ぎ　別《わか》れを恨《うら》んでは鳥《とり》は心《こころ》を驚《おどろ》かす」というように、擬人的に解釈する学説もあります。

本書はこれまでの学説を踏まえ、訓読も定評のある、人口に膾炙《かいしゃ》した読みに従うように努めました。どの詩も、詩人の感情の発露をもとに生まれたのです。他者の評価に左右されず、他の芸術と同じように、自分のヴィヴィッドな感覚で、イメージ豊かな作品の世界と向かいあっていただければ幸いです。

# 漢詩の世界をもっと深く知るための 必読書リスト

漢詩について、必読書としておすすめしたいものを一括して掲げます。昨今の出版状況の目まぐるしい変化と、インターネットによる古書検索が容易であるという現状を踏まえて、ロングセラーとして定評があり入手可能なもの、ネット上で見つけやすいものを中心にセレクトしました。なお、個々の詩人に関する著作は割愛しました。

## ❖入門書

一海知義『漢詩入門』（岩波ジュニア新書）
石川忠久『漢詩への招待』（文春文庫）
石川忠久『漢詩の世界』『漢詩の風景』（大修館書店）
石川忠久『漢詩の魅力』（ちくま学芸文庫）
石川忠久『漢詩鑑賞事典』（講談社学術文庫）
入谷仙介『漢詩入門』『唐詩名作選』（日中出版）
一海知義編『漢詩の散歩道（正・続）』（日中出版）

高木正一・武部利男・高橋和巳『漢詩鑑賞入門』（創元社）
田口暢穂『続　おじさんは文学通5　漢詩編』（明治書院）
松枝茂夫編『中国名詩選（上・中・下）』（岩波文庫）
吉川幸次郎・三好達治・桑原武夫『新唐詩選（正・続）』（岩波新書）
内田泉之助『新選唐詩鑑賞』（明治書院）
鈴木修次『唐詩　その伝達の場』（NHKブックス）
前野直彬『唐詩選（上・中・下）』（岩波文庫）
筧　文生『風呂で読む　唐詩選』（世界思想社）
亀山　朗『風呂で読む　続唐詩選』（世界思想社）
渡部英喜『漢詩歳時記』（新潮選書）
渡部英喜『心にとどく漢詩百人一首』（亜紀書房）

❖**専門書**

松浦友久編『校注　唐詩解釈辞典（正・続）』（大修館書店）
目加田誠『唐詩選』（明治書院新釈漢文大系）
田部井文雄『唐詩三百首詳解（上・下）』（大修館書店）

村上哲見『唐詩』（講談社学術文庫）
佐藤　保『中国古典詩学』（放送大学教育振興会）
宇野直人『漢詩の歴史――古代歌謡から清末革命詩まで』（東方書店）
長谷川滋成『漢詩解釈試論――転句を視点にして』（渓水社）
青木五郎『現代中国語で読む古典』（白帝社）

### ❖漢詩のことば

村上哲見『漢詩の名句・名吟』（講談社現代新書）
岩城秀夫『漢詩美の世界』（人文書院）
向嶋成美『漢詩のことば』（大修館書店）

### ❖エッセイ

駒田信二『漢詩百選　人生の哀歓』（ちくま文庫）
村松　暎『さよならだけが人生だ――漢詩で読む人間学』（ＰＨＰ文庫）
渡部英喜『漢詩　四季のこよみ』（明治書院）

## 著者紹介

**渡部英喜**（わたなべ・ひでき）
NHK文化センター千葉講師
元盛岡大学文学部教授
1943年、新潟県生まれ。二松学舎大学大学院文学研究科中国学専攻博士課程修了。
全国漢文教育学会常任理事、六朝学術学会評議員。
訪中歴97回。
著書：『心にとどく漢詩百人一首』（亜紀書房）、『唐詩解釈考』（研文社）、『漢詩歳時記』『漢詩の故里』（以上、新潮社）、『漢詩　四季のこよみ』『自然詩人　王維の世界』（以上、明治書院）、『長江漢詩紀行』『シルクロード漢詩文紀行』（以上、昭和堂）、『黄河漢詩紀行』『古都漢詩紀行』『日本漢詩紀行』（以上、東方書店）他
監修：『松下緑漢詩戯訳　人生の漢詩』（亜紀書房）、『唐詩を読む』『唐詩を読む（二）』（新潮カセット＆CD）

**平井　徹**（ひらい・とおる）
慶應義塾大学、明治大学、大妻女子大学、鶴見大学非常勤講師（中国文学、中国語、漢文学）
1972年、埼玉県生まれ。慶應義塾大学大学院文学研究科中国文学専攻後期博士課程修了。1999～2000年、中国・天津師範大学に留学。
全国漢文教育学会理事、六朝学術学会評議員（渉外担当）、工学院大学孔子学院客員研究員、NHK文化センターさいたま講師。

# 心がなごむ漢詩フレーズ108選

2007年7月15日　第1版第1刷発行
2016年6月17日　第1版第3刷発行

著　者　渡部英喜
平井　徹

発行所　株式会社亜紀書房
〒101-0051
東京都千代田区神田神保町 1-32
電話　03-5280-0261
FAX　03-5280-0263
振替　00100-9-144037
http://www.akishobo.com

印刷・製本　株式会社トライ
http://www.try-sky.com

装幀・本文デザイン　今東淳雄
墨絵イラスト　キタハラゆかり
(www.sumimani.com)


Printed in Japan
ISBN978-4-7505-0712-5